滄海叢刊

往日旋律

幼柏 著

1980

東大圖書公司印行

行政院新聞局登記證局版臺業字第〇一九七號

中華民國六十九年四月初版

往日旋律

基本定價叁元壹角壹分

著作者 幼柏
發行人 莊剛彰
出版者 東大圖書有限公司
總經銷 三民書局股份有限公司
印刷所 東大圖書有限公司
臺北市重慶南路一段六十一號二樓
郵政劃撥一〇七一七五號

一絲火花

是敎師、也是主婦，偶而也爬爬格子，是因爲沾了批改學生作文的光；弄墨旣久，無形中產生了想要試試舞文的樂趣如何？眞正的舞文弄墨已有十多個年頭，由於沒有緊湊的寫作計劃與過程，操觚多少又是率性而爲，自然也就談不上成果如何。

退休前，曾以散文集「傻門春秋」、「永恒的歌聲」二書，僥倖獲得語文學會獎章，給我相當的鼓勵。退休六年來，持家之餘雖仍未忘情於寫作，却似乎總有做不完的家事，若非「狠心」摒擋瑣務，便難以爭取握管的時間，所以在斷續爲之的情況中，寫作的興味未減。

三年前，自費出版了兼有散文與彩色花影的「珠樹花開」，一則鞭策自己退而不休，且有樂觀求知的新精神意境；二則也爲了紀念我與外子的珍珠婚，留下一片美好的回憶。並以此册喜氣洋洋的表裡，來祝福天下的有情人。

近三年來，傾心閱讀喜愛的書，加以學習初步的國畫，便懶於絞腦汁而寫得稀疏。直到有一天，一位老學生來訪，她詢問何時再讀我的新書？此語一出令我驀然吃驚！

時間逝去如飛，我已退休六年，固然不是著作等身，無法以高竿的作品向讀者交代。但是也總有蘊積的感懷吧？而種種的感懷涵蓋着；對自己民族文化的愛慕，對生活的眞實感受與省悟，以及充實心靈美感的層次，這些主題，卽使寫出來見不到大學問，然而却也是不自棄、不頹喪、不虛僞的肺腑之言。如此省察之後，終於從畏懼爬格的辛苦中，重振自己的精神，隨而產生了勇氣出版一册散文選集，作爲從公職退休的紀念。

書名「往日旋律」，是緣於讀者給予我的共鳴而起。此文於中副發表時，我接到國內外數位讀者的來鴻，他(她)們一致表達出人情同於懷土的愛國深情，他們關心自己國家的文化藝術的熱忱，使我感動不已！還有的讀者提供我有關的愛國歌曲及抗戰時流行的歌曲，我眞不知如何說出感謝的話，特別在此向他們行最敬禮！

由於新稿編書成册嫌薄弱了些，故而想到擷取舊作中之「耐看」者加入，共襄斯舉。猶憶「永恒的歌聲」僅止一版而停；該書原爲提高學生學習國文的興趣而寫，係以成本讓給大家閱讀，只是流通在校園之內而已，因此乃從中精選數篇，兼可省却再版的煩擾。

至於也擇選了「珠樹花開」中極少篇，因該書自費印刷，編輯「冷僻」，並未多方流通。且可紀念我對花卉的一往情深。花類本是天地造化的鍾靈神秀，也是永恒的象徵，同時花卉也代表健康、無憂與快樂，我願以幾頁「花話」祝福讀者！

本書的最後部份係爲轉載，頭兩篇的專訪文字活潑的記敍中，能見出文中透露着對精神生活提升的導引，也可發現執筆人對於人們道德力的加持，均有獨到的宏見，感謝他（她）們專程來到寒舍，我們暢談之愉快，迄今不忘。

說到「有關珠樹花開」這篇大文，係誼婿曾昭旭教授爲拙書所作序文。我所以特選此篇，並非因爲他是國家文學博士，而始重視之，乃因該文曾深受閱讀者之讚賞；是一篇情、理、文兼美的作品，尤其表顯了我們兩代人間的溝通與了解，故而特加轉載，以饗讀者。

再說，爲何轉載「珠樹花開其書及作者」一文？此文作者是我新竹高商的學生周麗娜小姐，今已由銘傳商專畢業，她雖然是專攻與數目字難解難分的銀行會計，但仍能寫一手雋暢的散文，而正式專爲我寫文的學生，她是第一位，所以甚爲珍惜，再者師生之間那一份純純的情誼，不也很可慰嗎？至於其他友好爲我特寫的文評，限於篇幅，留待以後記述吧。

孟子說過：「至誠而不動者未之有也；不誠、未有能動者也。」此言正可爲拙文作一詮釋；拙文之成篇，莫不在率性而爲下寫就，故在文辭上缺乏婉約屈折之美，惟一可取只有一點——至情的眞言而已。例如寫「遞」篇至完成的過程中，始終是淚珠與筆尖齊下；寫「往日旋律」、「桃源今安在」、「天才與母親」……的時候，無不是廢筆三歎，感受之深，出於我心實不能容於己者，任憑淚水潺湲，不吐不快。

假使說「生命起源於火」，則生命的眞實感悟與紓發，便緣於這紓發的「火力」而孕育爲文學的創作，我們可從古今中外的傑作中窺見。然而我不敏，只能從平凡的生活中、磨碰出這一絲絲微弱的火花，故而以「一絲火花」爲序，深盼有緣瞄及這小火花的讀者，不吝賜教，以期火花能再加多其光亮。

非常感謝願爲我出版選集的劉振強先生，渠本身對於中華文化的內涵之深入，以及主持三民書局與東大圖書公司的正確抱持；規模之宏、組織之健全，自能出版無數的好書，在在令人欽佩。此次爲拙著出版，其「勇氣」尤爲可感；旣未估量我的知名度，也未挑剔拙稿的質與量，一本愛護文藝的熱忱，給予我這個「難產」的作者以機會，說感謝的話還在其次，最難能的，端在一位出版家的「品質」，能做到實至名歸。

民國六十九年一月廿日作者自序

幼柏

往日旋律 目次

親誼篇

樂藝篇

生活篇

懷遊篇

論敘篇

花情篇

轉載篇

親誼篇

遞

爸爸：

把鮮花肅敬的獻上，香火熒熒，伏身叩拜；淚眼模糊中，浮映着您那音容宛在的遺顏，爸！同樣是這個家裏，然而已是室邇人遐，您離開我們整整的一百天了！怎不令人悲戚！

近年來，您曾見我寫過悼念貓狗小友的文章，雖也是情懷怛惻，但怎及我現在的心情沉痛？當您於睡夢中遽然西歸，我們乍見您一瞑不視時，眞如天崩地坼一般，直被震得神亂心摧！然而您自己，卻像一位通過禪關登臨覺路的高僧涅槃一般，滿足而寧怡，如嬰孩酣睡似的面容上，找不出一絲飽經人世憂患的痕跡。只因您的胸襟像大海一樣的寬闊，永遠是那樣的冲和與容忍：「洞達物情諳世變，化除己見契天和」的修養，來自您一生當中的虔修佛理，故能正覺常住，正念堅固。您的一顆清淨心，不爲任何業障所牽礙。所以您才了無執着的揮起手臂，向八十二載的人生歲月辭別，完成您仁義爲懷的人生意義。多少前來弔唁的人都讚羨您是修來的福慧，勸慰我們不必過事悲傷，可是爸！我們失去您這樣一位活菩薩，叫我們怎能不思慕緜緜？

你生前常常訓誨我們，做人要存心以佛就能成佛，佛心卽是聖心；要持念不斷。遠離迷謬，則妄想雜念不生。因此我們看到您的是寧靜淡泊的修養、獨立特行的氣概，足爲後輩典範的風骨。您使我明悟出一句話的眞諦：「神奇卓越非非至人，至人只是常。」您那看似平凡的一生，卻含蘊着諸多令我們敬仰的事蹟，詩經大雅云：「無念爾祖，聿修厥德。」我們雖不肖，但卻不能忘懷您立身行事的精神，直到永遠。

抗戰初起，華北一帶情勢混亂，日軍的鐵騎卽將踐踏您所居住的城市。危城中人心惶惶，多少人棄父母置赤子而逃亡。可是您卻不顧一切，一心奉侍八十高齡的我的婆祖母，您甘願冒險株守家園；將個人安危置之度外，而最難得的，是您目睹至親友好紛紛離鄉後，毅然的割捨獨生子，勉他奔向大後方求學報國。他甫由被敵人侵入的北平逃亡回家，未及停留十分鐘，便在您催促聲中，拜別您們而去，您自己深有信心，您會與兒子重聚的。

在兩進的大四合院子裏，只有您及婆母承侍婆祖母膝前，苦念骨肉遠離的祖母，每天必去倚門倚閭的盼望，祈求與親人重聚！然而所得到的只是失望與嘆息，於是您憂心了，惟恐祖母傷神致疾，便設法轉移老人家的注意力，您爲庭園多植各類花草，每天必行挑滿一大缸清水，然後來往更迭的澆花弄草，給坐在天井裏的祖母解悶。

每當祖母早晨或午睡醒來，您必親爲她洗臉、送茶、餵水菓或者點心。黃昏過後您爲祖母誦讀佛經或三字經，讓老人家聽了遣懷。夜裏您睡在祖母床畔，總之，不使祖母有一分鐘乏人照顧。

當時在淪陷區，物質生活十分艱難。您與婆母日常只吃的粗茶淡飯，但卻儘量設法爲祖母買來有營養的食物，有時候老祖母在您餵飯時，會出現孩童似的嘻玩稚態，常會把食物吐出，經您再三哄勸而祖母仍不接受時，您便捧盌涕泣，惟恐她老人家受餓。直到抗戰勝利前一年，祖母終因世亂心悲，又加以癱瘓了數年，以八十六高壽逝世。當祖母罹病在床時，您與婆母益加辛勞，宵旰夕食侍候湯藥，每一天都有洗不完的衣褥尿片，您們沒有片刻的休息，輪流陪伴着已失去神志的病人，始終沒有絲毫怨尤。

您們那至誠篤孝的仁行，深爲鄰里鄉親所讚譽，但是他們何曾知道，您開始回家奉親的情形有多辛酸！當您從外埠職辭返家時，本已兩袖清風，迄至抗戰開始，您的口袋裏僅有的財產，只是銀元十五枚！

若非您有英雄般的毅力與勇氣，如何下得了「孤軍作戰」的決心？幸而佛祖垂佑，不久有位退職軍醫租賃我家房舍，開設小型織布工廠，他目睹您的純孝非常感動，自願一次付出全年的租金，並且義務診治祖母的病。有位在鄉下的昔日祖父的老部下，經常贈送一些農產品，如此則解決部份生活所需，但大多的時日中，您與婆母仍然掙扎於餓其體膚，空乏其身的苦況中。

艱辛的日子，蹇窘的現實，已將您重重圍困，您多麼需要金錢來解救？然而你從未重視金錢，甚至財源當前，也不屑一顧將之擲棄了。

孔子曰：「歲寒而後知松柏之後凋，」是您感染了中國固有道德如許深厚，方能處濁世而不苟容；是您領悟了佛理那樣了明，方能由信求解、由解而行。當您昔日的同學一變而爲僞朝的新貴，派遣要員敦請您「出山」任高職酬高薪時，您沒有任何考慮，連夜趕往鄉下避匿，直待風聲平息後始返。您曾對來員說：「我××人窮是窮，但人格是光明磊落的；困死不欺家，餓死不害國！我要遺法下代使成正人，嗟來搖尾之食我絕不吃！」

爸！您的抉擇係出自崇高的理性，您的情操如冰雪，不僅無愧於做中國人一份子，更不辱先人忠誠傳家的精神；在我們的心目中，您是位既讀聖賢書而又能躬親實踐的人，您爲我們身爲兒孫者，樹立了君子不失節的楷模，我們從心底欽敬。

爸！您記得嗎？那年我二十四歲來歸，事前我對您一無認識，我僅有的一點印象是由您與家父的來往函件，我覺得您是位自尊、自信、凛然不可侵犯的人。緣於抗戰時期家父在大後方與您無法晤面，他愛女心切，惟恐您在北方老家已爲兒子訂過婚約，所以才堅持要您提出保證，以免我日後淪爲妾位。誰知您因此表明並非向一位銀行經理高攀，乃是由於我們兩小情感已篤，您才代子求婚，倘若家父不信任您，則任何理由之下，您誓不再談。

結果家父被您的耿直坦誠所動，不再疑慮有他。後來您在信內表示：「弟一生清寒原因，即不敢輕視人格，茲寄上往年與舍親及諸侄甥與小兒信稿請觀，可知弟一生自修及教子之方，足可解吾兄之疑慮……。」家父對您的敬佩，可於我們婚後給我的第一封手諭中見之：「讀汝翁父大函及信稿，忠義之氣充溢宇宙，仁孝之心流於楮墨，欽敬奚似。今後汝翁將以教誨他人者敎汝，余心甚慰。汝翁父不事富貴利達，而志於行良，可法也，所有箴言切宜悉心遵行……。」

爸！我們本是素昧平生，但由於兩代人共營了長久的生活之後，彼此已由了解而滋生親情，我二十幾載相隨，在休戚與共的生活中，您與婆婆像捧鳳凰似的疼愛我，俗語說「不聾不啞不做翁姑，」我了解也感激您們待我的高貴情感，可憾我並非是賢孝的媳婦，但您從未挑剔指責過我，這個家，簡直就是我的娘家一般，我置身其中穩定而寬心；大家沒有心靈上的摩擦，亦無表面上的應付與矯情，我想女人的一生，美滿的婚姻生活，無異她生命光彩的全部，我已够幸福，此外尙復何求？

我寫過許多對您二老感恩的篇章，然而那些片斷的記述，怎能概括我整個的感受，千萬句話濃縮作一句話來說，我是幾生修到王家婦！

記得有人說過：「德性留下的脚步，是不會磨滅的，且可引導後來者。」爸！是您承替了上一代的「慈」與「忍」，再涓滴不吝的灌注給我們，滋潤了我們生命的內在。您在這多年以來，無論跟我們吃過什麼苦，都一概逆來順受，您從未關心過自身的安樂與享受，卻始終自我犧牲克盡父道。

記得嗎，爸！咱家住在南臺灣的那幾年，因爲公家的宿舍不够分配，最初您們像露營一樣住在公用厨房邊，用布幔拉成的地方。卻將六蓆大的一間房子讓給我們住，您們經常被烟燻火燎，但您卻毫不在乎。您只為了愛我們，將忍受當做是快樂，您是多麼慈愛的人！

後來我們全家遷來北部，可憾宿舍又不夠理想，在那倉庫改闢成的房子裏，您們的那一間，後窗正對着公用厠所。一年四季惡臭不斷，以致兩面無窗的房間裏，時有噎人的逼迫，每天我們輪流以電扇作空氣調節時，您便加以勸阻：「唉，別麻煩呀，入鮑魚之肆久而不聞其臭，沒關係。想一想大陸上鬧什麼人民公社，鬪的老百姓連個家都沒有了，咱們能有房子住，一家人歡聚天倫，生活在自由的土地上，這就是上上大吉啊！感佛祖的恩吧。」您的博厚與仁慈，常使我想到「我不入地獄，誰入地獄？」。

近幾年來，緣於臺灣民生經濟的安定與繁榮，我們的收入亦隨之有了調整，同時也獲得機緣遷移到有庭園的房舍來，做兒子的常思在改進生活方面，就能力所及讓您得到更安康的環境。但是爸！您何曾重視過物質享受，您常說：「別過份心疼我吧，就算已往在淪陷區苦一點，可也沒啥大不了；其實那清苦的日子倒也過得蠻逍遙，有機會領略一下顏回那樣簞食瓢飲的滋味，正好培養浩然之氣，不是挺難得的嗎。」

由於您沒有貪妄心，所以對我們立身處世的教訓便着重品德的修養，您說過：「求學要如江漢不息之水，做人要似不染的白蓮。你要求我們不追求俗名浮利，為國家服務要篤實忠誠，只問耕耘莫計收穫。也許我們有些書獃氣，常常不能隨俗浮沉，偶有失意和打擊的煩惱，您便勸解我們勿以物喜，勿以己悲，眼光要看遠看大，你認爲年輕人常要遭受磨難才能增長才智與膽識，您從未埋怨過我們沒出息或是低能。由於您的鼓勵，您的兒子常在實驗室內，默默的苦幹之中，完成了他許多重要的研究課題，當您知道他眞正在爲大我貢獻力量，而又面無得色時，您十分快慰的捋鬚微笑了！您所要的兒子平實懇摯，您的某些精神已潛移默化的傳遞給他了。

自從我認識您，沒見您爲自己的生辰慶祝過，因爲那日子太近祖母的忌辰，您只一心追懷親恩難報，卻不留意自己的事情。我永遠忘不了您禮祀祖父母的莊肅神情；平日裏您禮佛不忘念親，早晚一爐香，昏晨三叩首，數十年如一日。您教會了我們何者爲「愼終追遠」，何者是「敬神如神在」的道理，如今我每天向您敬香禮祀時，立卽想起您已往所敎示的一切，那些金玉箴言，足够我咀嚼一輩子，而您的純厚與慈和的光輝，也永遠溫暖着我們的心！

您平時克己復禮，待人寬厚，卽對我們子媳一切任憑自由，您從不干涉任何。二十幾年來您沒有觸摸過金錢，每當我們將薪水袋交您保管及使用時，您必定拒絕：「瞧，我衣食無憂，又不出門兒，要錢做啥用？」充其量，每過一段日子您才對我們說：「有空嗎？給我請點香回來吧」。我從未聽您口裏提錢，關心錢，也從不問我們收入有幾許？您似已相信我們定能不負敎誨，絕不會貪取不義之財。您自己刻苦清簡，但卻時時提醒我們多行布施；此外在不浪費的原則下，您任憑我們自由的運用金錢，您說過自己用血汗應得到的報酬，只要用得正當是會心安理得的，因此我們愛買書、愛買花、愛旅遊，您從未阻擋過，您看着我們高興，您的內心也跟着歡喜。

爸！二十幾年來，在您慈惠光輝的撫育下，我們始終生活於滿溢的幸福裏；我們的心智方得以逐漸的開拓，我們在社會上工作所以能勝任愉快，能無後顧之憂，皆因您的支持與輔助而有以致之，爸！我再說一千次、一萬次，我們感激您！可是，如今您去了！教我們如何不悲傷？

我並非不懂「人生非金石，焉能長壽考」，亦明白「世事由來多缺陷，幻軀焉得免無常。」然而爸！我們相依如此久，一旦您似午夜的狂飆，突然遠去，那沉重的一擊實在使我們難以承受啊！

您去後，同是這庭園、這房屋，卻驟然之間變了顏色，幽悽而冷寂！我們下班回來時，見不到您倚門等待的笑容，上班時聽不到您殷殷的叮嚀；不論是出去或在家裏，我們的內心都失去了往日的安定，每天懷着悵悃去上班，再裝滿失落的空虛而歸，「出則銜恤，入則靡至，」已不僅只是兩句詩文而已。

爸！房門外您慣坐的那把籐椅，我們一直不忍挪開它。我們稱它作「寂寞的強者之寶座」；不是嗎爸！您早晚坐在那兒，注視着大門等待我們、等送報紙、觀賞院中的花卉、抱着小狗打盹……，忙碌的工業社會生活，使我們無法分出較多的時間承侍膝前。於是您謙遜的，處處在適應着我們，您說您已有幾十年的虔修功夫，你喜歡寧靜，但是我們何嘗不了解老年人的寂寞感覺，所以爲了你在庭園前後廣植花樹，又有兩隻可愛的小狗陪在您身邊，您曾說您很滿意自己的生活，叫我們不必掛懷什麼，您永遠在替我們着想，您從不把自己當成老太爺或者是家中的權威，人生樂有賢父母，我們的福報的確太大了！

爸！您自己獲得了那樣完美的歸宿而去，卻沒有一句遺言指示您的身後事。我們懷着悽楚的心情，仔細的回憶，以求遵察您平日的心意，來處理喪事。首先免去俗禮不發訃文，僅只函告少數的親友，但仍阻不住許多人前來爲您弔唁。我們記得您說過：「人到百年後，不過是臭皮囊一個，怎樣處置都可以。」因爲您念念不忘回大陸老家，爲配合王師凱旋日，我們便於偕您及婆母的靈骸回去，乃決定爲您舉行了火葬禮。

爸！您可同意我們這樣做？我們兩人曾抑住悲哀，親手將您的靈骨謹愼的檢出後，奉安在風景秀雅的青草湖靈隱寺的七級寶塔中，在您的身邊我們預爲婆母留訂了位置，明年檢骨再行火葬禮後，您二老便共同安息在靈山秀樹之中，朝夕可以有伴，共遊於「回顧青山皆供向，一灣綠水自環流」的仙境之中，我們也省去兩地罣懷的不安，爸！您可放心了，我們體察得出您的心事，無論如何也要爲您做到。

爸！您看見沒有？七期之內，您心愛的外孫小伉儷倆，都由臺北趕來偕同我們去靈隱寺作期誦經。他們極盡孝思，哀痛逾恒。您的外孫自幼在家鄉承您庭訓，他的純厚爲人多麼像您？見他在佛堂裏匍匐悼念的情形，我耳邊就又響起您的話音：「唉！我這一輩子兩手空空，自甘淡泊，沒有一點值得向人炫耀的地方。但只一件；我相信我的子孝孫賢，能成正人，這就是我一生最大的收穫。」爸！我是頭一次聽見您帶有自傲的說話，但是你並沒有誇張，您說過希望骨肉成聖成賢，只不過是企望，究竟還在乎兒孫自己，我們雖然達不到那麼高的境界，總還沒令您過於失望，而今而後，要益加遵察您的心意去修養，去做人，庶幾方不辜負您教養的苦心。

爸！您去後的七期之內，您的房間都保持原狀，我們在那裏祭您、想您。可憾我們是海隅作客，沒有先人的廬墓在此，我們既不能遵古禮守制於墓側，又不克寢苫枕塊以盡孝思。如今已將臥室遷到您的房中，朝夕回想您的生平，以慰我們的孺慕之情。原屬我們的那一間，如今已成爲清淨的小佛堂，其中奉祀着您生前所奉祀的祖先神位及佛位，我們繼承着您的虔敬心，禮祀不斷。那裏也兼做小書房，我們公餘及家務之暇，於其間讀佛經、覽羣書，精進自修，您的肖像從壁上俯視着我們，溫和的笑容，就像您一直沒離開我們一樣。

我們曾整理您的遺物，以便將之好好的保存：兩套只有在新年祭祖時才上身的長袍馬褂，一大包生平所保留的信稿；經常翻閱的四書及佛典，兩付黑色的老花眼鏡，還有……我輕輕的撫摸着它們，低低的呼喚着爸……爸……不由人泫然而泣。

低廻追念最是傷情，我不知應如何自求排遣？您一向慣聽我爽朗的笑聲，那耐我久久的哀咽？但是又教我何從再能聆聽您的慰誡？驀地，我想到打開了您那一大包信稿，爸！請您原諒我沒得到允許就擅自取讀了。爸！拜讀過您的信稿，我的心情平靜了；那猶似暮鼓晨鐘般的辭句，敲醒了我的癡謬不明，誰說您沒有遺言？您遺留給我們的精神遺產，蘊藏是如此豐富，它遠比「金滿籯」更貴重得多！爸！您就像仍然對我耳提面命一般，將我從哀頽中振拔出來，我要遵照您的提示，將失親的痛苦擱在心裏，將心靈平復起來，努力從事正常而有意義的工作，繼續對社會做更新的貢獻，我會永遠記住您說的：

保重身體卽是孝之良方，何必自毀上蒼恩賜之生命？

勿因得失而改善性，勿因利害而變天眞。

人在世上，生寄死歸。離合悲歡皆具定數，今日暫別，他日天上永聚，何悲之有？

爸！感謝您仍然給我們「機會」教育，我們一定不再悲泣，不再於墓碑前徒然的作夢，我們要從悲劇的灰色夢境中走出來！我們要竭力承繼您所傳遞給我們的一切，直到我們老去，將永遠追隨在您的身影之後，也學做一株堅強挺立的松柏。

「永恆的歌聲」

懷慕母親

是「兒不嫌母醜」的心理吧？童年時，我深以有位美貌的母親而驕傲，倘使有人指出我的鼻子或者面龐有些肖似她，我會高興得意好多天。其實，我那時何曾認識過母親眞正的美，她不僅是外表姣好，最重要的她有一顆不虛妄的心，當多少年之後，我能够了解這一點時，益覺母親可親及可敬。

在母親的庇愛下，我度過十九載甜蜜的歲月，我沒有聽見她發出過惡聲粗氣的叱詛，也沒有受過她喋喋不休的絮聒，她的內心總那麼充滿喜慶，所以才能動靜自在、毫無造作。爲人母她是慈祥賢明的，做父親的妻子則溫順恭婉；於四代同堂的大家庭中當媳婦，她一切容忍爲先，忠恕待人，週旋操持着家務，不論有多少忙碌，而她那唯一的「私事」絕不會忘記，就是誦經及修持「九日齋」。也許就因這個緣故，才使母親的心境獲得清淨，才使她不貪也不瞋，她那爽朗的笑聲，時常在空氣裏廻盪，以致全家人都浸浴在忻悅裏，於是父親便贈送她一個雅號——喜慶婆。

記得在我少年時候，一次父親由北平差旅回家，帶來幾匣名貴的「宮花」，雖然我只是個孩子，但也瞧得出那擺在玻璃匣底上的絲絹花朵，是那樣栩栩如生，鮮艷欲滴。如果能自由挑選其中最漂亮的給母親掛在衣襟或髮際，我敢說她眞會美如天仙了。然而父親卻對母親說：

「這些花，妳拿給咱媽、嫂嫂、弟妹們去挑選，賸下多少算妳的。」

母親含笑承諾的照辦了，及至玻璃匣重返我們房內，我的天！我忍不住大叫：怎麼？只有兩朶壓扁的！可是母親不以爲意，她叫我不可多話。然後她把一朶稍扁的淡綠海棠花用指頭弄弄「鼓」，再把另一朶扁得幾乎變成平面的乳黃花帶穗的蓓蕾拆下來，二者合一就成爲蠻好的一朶絹花。她在衣襟上比了比，問我：

「瞧！這不挺好看！」

不錯，母親的「戲法」確也變得靈巧，可是我覺得她很傻。

「九・一八」事變猝發，我伯父在距離瀋陽六十里老家的鄉長任內殉職，噩耗傳來，舉家震哀。我伯母頓失所天，悲慟不欲獨生，家中大小莫不含悲慰勸，尤其男士們無不保證盡一切責任善待她母子，如此情義給我伯母很大的安慰與勇氣，但最最出人意外的，是我母親親口告訴伯母，將自己名下的幾十畝良田相贈，做爲我堂弟日後的教育費用。那一代的婦女，大都慣於存攢一些「私房」或者田地房契等在手裏，「以策安全」。但我母親她不重視身外物，她擁有我父親及我們三兄妹，已經非常「富足」，這種措施使男士們驚詫，使我伯母感動涕零。我自幼吮吸過伯母不少乳汁，自然認爲母親做得合理，但是我知道，母親並非爲了這一點原因才下那個決心。日人佔領東北後，父親不願在「矮簷下」低頭，求得祖父母同意後，將挈領我們入關，臨行前，祖父提出暫留長孫——我惟一的哥哥——膝前承歡。父親素來純孝，自然遵命是從，然而做爲一個母親，豈能那樣容易割捨？何況分別後何年何月才能重返故里？可是母親終不忍拂逆老人家的心意，寧肯自己啜飲生離的苦酒。到達北平後，起初每接哥哥一信，母親便要噙淚反覆的唸叨，一連好幾天茶飯無心。父親爲使母親寬懷，便儘量陪我們暢遊故都名勝古蹟，並且不錯過每一位名角演出的平劇，如此當母親磨壞了兩雙皮鞋後跟時，她的心境也跟着開朗起來，我們耳邊又充溢母親爽朗的笑聲，她對我們說：

「北平太偉大了，美好的東西那麼多，觀賞都嫌來不及，還有功夫去想妳哥哥？其實，他在家裏過得很好，用得着我癡心去想？」

母親發心茹素九日齋已有多年，將撙節下的金鈔做爲布施之用。平日穿着樸素，尤不喜珠光寶氣的裝飾品。父親及親友偶有贈送的衣料，很少見她上身，卻時常量情送與需要的人，稍有賸餘也總擺在箱子裏。我與妹妹在熱衷玩弄洋娃娃的年代裏，常因要給玩囡製新裝，背着母親將衣料找出任意的開挖成「天窗」，母親發覺後也不責怪我們，只惋惜的歎着：呀！罪過啊！這不是暴殄天物嗎？以後可別這樣了。不僅如此，母親對一切財物都淡漠視之，她從未因奢求什麼而傷過腦筋，我父親半生服務於金融界，中途亦曾有過一個時期從政，但他始終清廉克己，沒有過多豐裕的財物交給母親，幸而母親有她獨特的「哲學」，「無所有而有」。不在乎生活清簡，更不主張以肥甘溺兒女，她茹齋誦經，不只求個人超脫人生苦惱，更爲家人祈福，爲子女祈智慧，看上去好像她的人生範圍很渺小，又像是柔弱自私，事實上，母親在非常的變故中，是經得起考驗的。

「七・七」事變，全民族神聖抗戰開始，我父親當時身爲河北省某縣城重要官員，責任攸關，只好置妻女不顧，幸而讀高中的哥哥適時由北平逃出來，使我們的行列增加一名壯丁，給母親增添了信心。在與父親道別時，我與妹妹直哭得淚人一般，可是母親卻能強抑眼淚聽我父親叮囑：

「一路上敵機轟炸頻繁，你們要機警些躱避，如果不幸有誰受傷或死亡，能有時間治療掩埋當然好，否則活着的人自行逃命，千萬不要拖累大家。兩個女孩子絕對不能流失，我們家的人寧願死去，也不受敵人侮辱！千萬。」

在人心極度惶恐，交通工具萬分困難的情況下，母親相傍着我們兄妹，露宿風餐，不知在途上遭遇多少磨難，雖如此，每每路過大小廟宇，那怕只得幾分鐘，母親必要我們隨她頂禮致敬，祈求佛陀垂佑我們。當那次在獲鹿車站水洩不通的車廂邊，她獨力將我們一個個拉上車去以後，我們眞的相信母親的確因她的信心而產生了定力，否則，她怎能辦得到？那是正太鐵路撤退前最後的一列車，連火車頂上都擠簇着人眾，幾乎不可能上車逃命。

渡過黃河安抵西安時，河北已烽烟四匝，陷入敵手，母親內心惦記父親的安危，但她絕口不提父親，怕惹動我們傷感，她將憂慮藏在心底，口裏似乎很自慰的說：

「我終於沒對你們的父親失信，帶着大家渡過了黃河，你們感佛陀的恩吧！」說完總要我們讚誦佛號。

是年初冬，父親百刼歸來，我們才看見母親眞正的哭泣了，她哭得痛快淋漓，給我們很深的記憶。

母親的中年，應該說是寂寞的，哥哥與我均已完成大學教育，且又成家在外埠，妹妹也遠離雙親在千里外求學，家裏沒留下一個孩子慰愉母親，我父親忙於公務，不會全心的去思念子女，我們頗爲放心父親。誰知我母親竟也能心有定向，持家之外與友人談佛，空閒時以經典爲伴，日子也打發得很平順。據父親函示謂：「汝母每一念及汝等，卽頻呼『吾頭痛，需小睡。』但未及十分鐘又談笑自若矣。」父親還告訴我，母親將友人致送嚐鮮的雉鷄，豢養在家裏，羽毛長得光燦美麗，成爲母親隨身的小伴，那隻雉鷄還會聽母親的號令表演立正、臥倒、開步走。父親在信中說：

「汝母並決定爲雉鷄養老送終，慈悲爲懷，汝認可笑否？實是汝母以此遣懷藉以忘記對汝等之思念，不過，吾終不能不欽佩汝母對『非遠離非不遠離』之高尙修養，畢竟能以不『自縛』而自愉，不亦宜乎？」

母親僅受過私塾教育，我們的學歷都高過於她，然而學問只能教人知識，卻不能教人都變得明達。母親那種凡事靜觀能自得的心境，誰又比得了？有她在，全家人沐浴在春風裏，從沒見她把一些煩憂感染給我們。她本身忍辱負重，最不願給父親添麻煩，在老家時候，祖母那般寵愛三叔及三嬸那一房的人，時常對母親苛求，但她不曾因此發過怨言，依然行其所當行，盡心的侍奉老人，更不在父親面前講私情話。再者我哥哥娶妻生子後，回到雙親身邊，我母親那樣慈和勤勞，爲他們持家及撫育小孩，結果卻要忍受我嫂嫂的暴躁脾氣。當妹妹將情形透露給我時，我年輕氣盛忍不住憤懣塡膺，曾函告妹妹必要時當擺出姑奶奶面孔向嫂嫂「撻伐」，以維護我們的母親。但事後被母親反對，她要以慈愛心引導嫂嫂接近佛理，改變心性，直到明悟爲止，對嫂嫂絕不責怪半句。

人生寶貴的數十寒暑中，我與母親別離已二十餘年，自大陸陷入鐵幕後，骨肉音塵斷，母親既難獲我片紙隻字，我亦不曉母親的安危如何，在那魔鬼控制下的地獄裏，母親可有誦經吃齋的自由？還能夠喜慶滿心中嗎？

多少年來，孺慕母親之情有增無已，只能從夢中幻晤數面，此外，惟有母親幾幀顯出慈眉善目口角微笑的肖像，是我思睹慈顏僅有的慰藉。在許多流行的時代歌曲中，我最愛也最怕聽的是那歌詞：母親呀母親，想您！我的母親您在何方？……感到既溫馨又悲酸。我遺傳到母親些許爽朗的性格，可是我的根器淺薄，對於茹素誦經的修持，相距母親太遠；而母親身爲賢妻、良母、好媳婦的風格，也非我的修養所能追隨。我愧做她的女兒，但又不敢自棄不求精進，而今別無他求，但以心香一瓣祝禱我們早日反攻實現，我要回去以待罪之身，跪在母親膝前，請求她指點，請求她寬恕，寬恕我這不孝的女兒，不曾在膝前承歡順意。

「永恆的歌聲」

師生之間

無巧不巧，正好今天接到雪滿的來信，並附有她女兒小艾蘋的彩色照片，非常可愛的胖娃娃；就如同她携着女兒趕回來參加我們的盛會一般。

把照片及郵簡，交給畢業已十年，正在我家歡聚的老同學傳閱，她們都爲她的幸福家庭感到高興。十年前，她是我們這一班上的「賽珍珠」，與另一位同學綽號「李清照」的安娜，同時班上的大文豪。如今她在美國結婚生子，以碩士頭銜而安於家室、爲賢妻良母，創建家庭幸福，這種不追慕虛榮的篤實作風，實在難得。不久前，她爲我寄來生日禮物，一套漂亮的冬季睡袍，她說：「老師很怕冷，希望它能帶給您溫暖以及我的祝福！」她的信每回都寫得情文並茂、一片純摯。我收到禮物，激動感慰不已。

安娜曾在金門前線心戰部門工作數年，某年還當選爲戰鬪英雄，榮蒙　總統召見勗勉，殊榮實在難得。後奔父喪返回臺灣，一直在軍事電臺服務，工作態度認眞勤懇。伊於金門服務期間，曾每日親撰文稿，並發表於大中華正氣日報，承她不棄將原稿寄我先睹爲快，她的文章文筆暢達，內容生動，我持去推介給本校的余校長，承蒙校長厚意，認爲這是本校的光榮：我們的畢業生報國有方，亦是全體師長的光榮，於是由校方出資代爲出版成集，囑我撰序一篇，並定書名「新木蘭辭」，書出之後，一時風靡全校，傳爲美談。及其返校之日，同學們爭睹豐采，校長邀她在大禮堂向全校同學演講，以啟勵青年人的愛國心。當她全副軍裝屹立在講臺上的時候，我在一旁坐觀，內心充滿快慰，不自禁地感嘆一聲：青出於藍。

安娜事親至孝，友愛手足，自己克勤克儉，從不刻薄他人。猶記每次她由金門歸來，都爲我攜帶來以海芙蓉泡製的金門好酒，她知道我患有風濕症，如此關愛我，不知如何表達我的感謝，如今安娜已獲得美滿的歸宿，她有位平實忠厚的先生，她不久將爲人母，像她這樣篤誠的人，一定會有美好的婚姻生活。

甫由加拿大返國探親的玉珍，是這次十年聚會的主要人物，同學們爲了歡迎她，好不容易召集大部份老同學團聚。她出國三年，結婚生子，但她幾乎絲毫未變，質樸爽快一如從前。此次她千里迢迢獨自懷抱愛子歸寧，路上已够辛苦，卻還爲我帶來一隻長毛的玩具狗，她多麼有心，尚能記得老師的童心未泯，是最喜愛小動物的。

記得她考取××私立大學時，由於學費不能解決幾乎放棄學業，當時我家經濟環境亦不裕如，但我盡最大能力幫她小忙。而後她的大學四年生活，眞是緊張辛勞備嚐，她兼任家教及郵局職員，努力地完成學業，之後她出國深造，奮鬪迄今，這種苦幹的精神值得讚佩。

時光催人，她又到了返歸僑居地的時候，使我不勝悵然，臨行前我沒有像樣的禮物贈她，反勞她費心，特別趕來送我掛着小心形的K金戒指，她表示不能參加我們未來的銀婚紀念日爲遺憾，她的盛情使我卻之不恭，只能虔誠的祝福她生活愉快！

昔年做她們班長的淑媛，是位負責能幹的「領導」者，她任級長的時候，分擔我不少心理負荷，她能盡心做好班務，深得同學敬重。如今她還是一付小巧身材，但已是三個兒女的母親，她的先生亦是我校的校友，他們同學聯姻親上加親，難怪家庭生活如此美滿。憶及她剛到銀行去工作不久，有一次偕幾位同學來探望我，看來看去，總覺得她有些與以前不同，但是爲甚麼？後來才發現，哈！原來她鑲上兩顆大金牙，碰巧又在「大門」口。

問明原委，始知在摔跤時碰斷。我建議她改鑲白瓷的比較自然受看；因爲那金光閃閃的金牙，會將她整個人的清秀氣質破壞掉，何必像老派的老太太似地，似乎炫耀「財富」的意味呢？

不久後她再來我家時，我見她的神情意態又「改觀」和從前一樣，我們相顧而大笑，有一種會心的愉快在我們心裏激盪，我對她說：不怪老師「好爲人師」嗎？她笑說永遠能有老師的關心才是好福氣。

這次她們能在久別之後聚首，設法通訊邀請同學的人便是富慈。她現在是一家百貨行的老闆娘，還有四個兒女圍繞着，她一向是服務熱心，卻不邀功。這位不會發脾氣的小姐，結婚的那天，我被邀請做送親的長輩，坐在紮有綵綢的汽車裏，望見她聖潔的新娘裝，好像我自己的女兒出閣一般，心裏一陣陣又愉快又想哭。她到婆家後，宜室宜家，是位典型的賢妻良母。她的行號適與娘家的南貨行比鄰，我是她家的常客，他們也常常爲我幫忙，我與她的兄弟姊妹均成老友，誰見我都稱呼老師，這眞是最自然眞切的社會關係。她的先生公餘時間，常去爲她的店務幫忙，我常玩笑式的提醒他：做我的「學生女婿」要特別有愛心才成啊！他笑稱不敢隨便，一定會善待妻子的。

幾年不見的鳳蓮，仍然端莊文靜如昔，她雖然沒讀過大專院校，但卻經過不少奮鬪，通過小學教師檢定，而獲得教師資格，目前是新埔鄉下一所小學的「臺柱」教師。我常見一般青年人，嚮往大城市的繁華，而她卻情願「人才下鄉」，從事更艱苦的教育工作，她的志向可嘉！

她告訴我說，鄉下的孩子大多不注重衞生，喜歡赤足亂跑，鼻涕淌在唇邊也不去揩拭，好像沒有感覺。所以她在手提包內或辦公室的抽屜裏邊，經常放好一大疊衞生紙，遇見淌鼻涕的學生即代爲揩拭，並且諄諄勸導。我由這一件小事便可推斷，鳳蓮是一位非常慈愛的人，她這樣的純正負責，一定會做出好成績來。

掛上了近視眼鏡的月霞，當她從師範專校畢業後，也有過一段艱苦的奮鬪史，如今是此地某中學的教師。瞧她依然是敦實的老模樣，十年的歲月並未使她變得「乖巧」些，我特別欣賞她這種「英雄本色」，一襲素色的衣裙，一雙矮跟的皮鞋，文質彬彬「描畫」出她是守分的教育工作者。她仍似從前說話不多，但一出語必多幽默，是個很有深度的人。

她很坦白的對我說，當初我任她們國文教師兼班導師，對她們的規範，她也曾嫌我嚴格，然而自從身爲師表之後，已從實地經驗中理解到我以前種種施之於她們的「教條」，是正確的，是有益她們的。她甚至還處處在向我的作風「看齊」哩，對於這樣一位「接棒人」，我眞引爲光榮與驕傲。

那年夏天，美慧投考交通銀行，在數百人報名僅錄考幾名的情況下，她竟能名列前茅。不久我收到學校訓導處會同我簽署的文件，是銀行的人事方面對美慧的調查表，我拿到表格逐條據實填寫，如像思想正確、品行端正這一些。這件事過去我已忘記，忽然有一天她在大太陽的中午專誠來看我，千恩萬謝感激得了不得，我覺得我沒有故意說假話；因爲她在校時候的確是守分的學生，再說教師都關心學生，能有提攜一把的機會不更應協助她嗎？只因爲美慧爲人老實正直，她總覺得受到別人的恩惠，應該加倍感激。她有一對笑意常在大眼睛，她不多講話，文雅端莊，她已有個小女兒了，但她看上去仍然嬌小年輕，使我回憶起許多她在學校時候的往事，感到特別親切。

此外，還有許多她們的同班好友，也都是各有正當的職業，是出色的社會基層幹部人才。這一回她們相邀來看我，小屋裏擠得空前的熱鬧，我被擁簇在中間，聽她們說笑，看她們不減當年的稚氣神態，我覺得快樂極了。尤其可貴的是，她們在十年之間，並未感染惡習慣，或者向虛榮的誘引屈服，十年之中的生活形式可能有新變化，然而她們純正的心田卻沒有變，這太值得安慰了。

十年前，我與她們朝夕相處，我雖非最優秀的教師，但卻是服膺孔子之道的人；我雖然沒有宗教家那樣寬大的胸懷，然而我卻是虔信佛教眞理的人，因之，我不必一天到晚說經論道，或者故意傳播教義，我只在日常行爲中，以「身教」來表現我的作風，於言談間去自然的表達宗教教人明善的眞諦，我們能結此善緣，在無形中她們或多或少受到感染，也許是這個原因，她們雖然進入社會的大「染缸」已有十年之久，卻依然保持赤子之心。不論社會道德如何低落，物慾的誘引如何強烈，始終在做人的原則上堅定不移，她們，眞是可愛的一羣！

我永不忘懷她們畢業的日子，那天舉行典禮中，驪歌聲起，我卽抑不住離情別緒，在衆目睽睽之下淚洒衣襟。典禮後她們都哭回課室去，級長來請我作臨別贈言，走上臺去，我哽咽得無法開口，千萬句話化爲一小段：「大家多珍重，形影雖離、心神永遠在一起！」最後她們贈我紀念品，捧在手裏不勝惆悵，跑回辦公室去，伏在案上久久未起。

自從別後，她們之中居住新竹附近的，每屆我的生日便相邀爲我祝賀，一連數年眞情不減，若非我命令式的婉謝她們再做，眞不知要破費她們多少心血。

九年前我的婆母逝世，以及兩年前我的翁父逝世的時候，我與外子因遵奉翁父生前的訓示，不發訃文以免擾人，只求至親參加喪禮。但不知她們如何竟能獲得消息，紛紛來家慰問我們，她們面容戚戚，爲我們所遭受的重大變故感到悲傷。她們參加公祭之後，有人還陪送我們到火葬的地方，直至喪儀結束始行告辭，對於她們這樣的高情厚誼，我只有銘感五內，不知如何才能報答大家。

在我們彼此都爲工作忙碌的日子裏，亦偶有信件往還，縱然許久未曾敍晤，一旦見面親密之情仍舊，正所謂君子之交，不因別離時長，而誼情稍減。每逢春節假日，她們不少人會抱兒携女，來向我這個師婆拜年，家裏飄蕩着歡笑聲，每當她們圍繞着我，此起彼落地呼喚我老師長老師短的時候，我的心情便陶醉得如塗滑油，幸福滿足，我在想，這就是辛勞「耕耘」的「碩果」，教師所得的「報酬」千金不換啊！

「永恆的歌聲」

鑽石週末

藍天碧野，山、海、村莊，純淨天然的畫面，沐浴在南臺灣明亮的艷陽下，愈增其絢麗和錦綉。

鐵軌與車輪齊唱，生動的景色不斷從魔鏡般的車窗映進來；良辰美景，心靈舒暢，老伴兒陪倚身畔，內心充滿了幸福與感謝，我很想為這次的週末南遊歡唱一曲，然而，車廂不比家中那幾間小屋隨處可當我的演唱「臺」，那麼就從心靈裡唱吧！唱一曲臺灣好，唱一曲還鄉行，唱一曲天長地久………。

鏗！鏗………，車身緩慢地進入臺南站，我與奮得坐立不安，因為幾分鐘之後，我們將要晤見老友馬德潤賢伉儷。說起來誰能信？這是我們分別二十年後的首次聚會，稱得上君子之交淡如水了。廿四年前他二位先我們四個月成家，及至我們婚後去滬，多承他們協助大家共住在一棟宿舍內，兩年當中我們共患難共甘苦，那一段歲月留下了令人難忘的回憶，來臺後經過許多年方才連絡上，但又彼此都忙於工作及肩負人生的大責任，他們忙於教養四位「千里駒」，我們則侍奉高堂上的雙親，一晃二十年過去了，他家的龍與鳳皆已成長，我們的雙親卻不幸先後棄養，在彼此皆無牽掛的現況中，欣逢我們兩對結婚廿四週年紀念，感謝他們的摯意邀約，歡迎我們這第一位芳鄰共度「佳」期。雖然事先我們曾經交換過近照，但不知眞正晤面時，會有怎麼樣的感覺？

行近月臺柵欄邊，急切地四顧搜尋，啊！我瞧見身段仍舊筆挺的馬大嫂了，她正向我舉手招呼，嗨！衝過去緊緊握住對方的手：

「你簡直沒有變嘛！」

「你還不跟以前差不多。」

也許，我們都因是在學校裡與年輕人常處，心情上並不見老，但在外形上多少也不免使人感嘆：如花美眷，逝水流年哪！

老友重逢，知根知底兒的，話題自然不絕，憶昔當年，不勝感慨系之。別後二十年光陰，大家都孜孜矻矻向人生學習求磨鍊，所幸都能各按「生」理，隨遇而安；誠謹做人，心無愧怍，彼此可引爲自慰。老朋友互相了解，盡情盡性尤極親切，使我們的內心愈感豐富。

次日清晨，他們本擬共作澄清湖之遊，但我卻毫不客氣地表示名湖已印我不少屐痕，不如往聞名臺南的秋茂園見識一番，當然主人沒有異議。

秋茂園給人的第一印象，是非常大眾化的，不收門票，任何遊客隨時可進此園中憩息或暢遊。據云興建此園的旅日僑商黃秋茂先生，童年時曾爲人牧牛，一日牧遊嬉戲時，誤摘了人家菓樹上的水菓，遭受責怪。黃先生於難堪難過之餘，乃發下心願：將來長大富有時，定爲所有孩子們建造一座他們的樂園，內植菓樹，毫無條件的給孩子們享受「權利」，同時也以此園獻給他慈愛的母親。黃先生這種仁孝爲心，聽後令人無限欽敬。

近園門左前方，特別突出顯眼的，是一隻安閑而臥的大銅牛，體積較眞牛大過數倍。銅牛背上，坐着一位比眞實孩童更大的牧牛童的銅像，禿頭赤足，意態悠然。不必多猜，這必是黃秋茂先生不忘早年的淸苦生涯，而鑄造此像以勉勵別人要爲人生作堅強的奮鬪，並也暗示着：只有愚人才會用盡氣力在順流游泳。附近立有扁形大理石刻文，讀過後可知黃先生的爲人，他雖在事業上獲得成就，但絲毫沒有富貴驕人之態，對於昔日所遭受的責難痛苦，毫無怨恨與牢騷，他的慷慨寬仁，以及無限熱情愛護鄉梓，在在都可以刺激人們的道德感，而擴大理性與心胸。

園內道路平坦，路邊皆有修齊的樹籬爲牆，牆內綠草如茵，菓樹株株。孩子們有的就地打滾，有的爬上樹幹嬉戲，也有人騎在木雕的大梅花鹿的背上，一片嬉笑聲歡，天眞快活。

其中有兩條路「景」非常別緻，富於趣味；一條路的兩側樹籬內，等距的聳立着八仙的塑像，另一條路則是西遊記中的人物。他們的身高盈丈，面目栩栩如生人，有的已上過油彩，還有的潔白粉淨，神態都一樣的酷肖本身性格。我們與高大矯健的孫行者合影之後，馬大嫂與我皆與豬八戒有「肖」屬之誼，我倆雙雙偎在「老豬」身邊，留個鏡頭以誌永念。

高敞的圓頂畫亭，正面的石橋兩側各立着一隻神氣十足的石麒麟，橋下流水環繞，設計精美可觀。但最引人注目的，乃是圓亭頂上的兩個塑像；那兩個像似乎有雷霆萬鈞之力，震擊在我的心坎上，悲歡離合，酸甜苦辣，一時湧上胸際，忍不住鼻酸抆淚。那高大塑像之一，是個壯年人，微弓着腰背，揹着一位年高的老太太。老者向後彎翹着小脚，惟恐擦碰到兒子身上，那做兒子的雙手向後反抱，小心翼翼地扶住母親的腿部，這情景，不正是生命與愛的至高表現？黃先生在他的詩裡寫道：

「……啊，母親！您的音容，猶遺留在我的心上。過度的操勞和憂煩，您終於離開了塵寰！……您彌留時的遺言，還在耳畔廻響，深深地感到慈恩罔極。……，現在我不再爲生活而煩惱，但悲沒有慈母可以奉養，倘若您還健在，我將不辭跋涉的苦辛，揹着您周遊四方。」我羨慕黃先生的母親，也羨慕黃先生他自己；他畢竟是幸運的人，在這自由的國土上，他有鄉可還、有墓可掃，有這樣美壯的園地來紀念母親，可是我那身陷大陸受罪的母親，而今她在何方？

高大的慈母臺上，有高大的時髦母親與孩子們的塑像。她彎腰伸手，正接抱地上雙臂上伸的幼子，左右各一個較大的孩子，男孩正在燃放鞭炮，女孩拍着皮球，這一「幅」動人的母子「圖」，予人無限依戀與溫馨。臺座的四周皆鑲入大理石，每一面都鐫刻黃先生思念慈母的詩文：

「當明月照着武廟，我依偎着您的懷抱，於您溫暖的膝上，甜蜜地我睡着了。……當我剛要入學的那天，您幫我穿上新裁的衣裳。然後把我抱起來，親了又親，我窺見您眼中，正閃動着愉快的淚光。……啊，故鄉，我懷念的地方，人海茫茫幾歷星霜，掙扎奮鬥，我備嘗了痛苦；更那堪孤苦、寂寞？惟有母親時時佑我助我……。所以，得意時，我不敢違背您的訓誨……。故鄉啊！安寧的故鄉。我永遠懷念的：母親埋骨的地方……。」

只覺得喉頭咽噎，無法卒讀。黃先生並不是著作等身，也不是詩人，當不能苛求其詩文如何的沈博絕麗，但是他的詩卻是思想臻於至善的表現。吟咏他的詩句，猶如聽到他本人的呼喊、哭泣，是眞情的流露，這使我想起一位樵夫的故事。從前有位樵夫，有一天上山砍柴，路過他母親的墳墓，想到自己多麼孤單可憐，悲從中來，便伏在墳墓上哭號道：

「哭一聲，叫一聲！兒的聲音娘慣聽，爲何娘不應？」

吟詩作文已不屬於學院君子案頭上的「專利品」，可見一斑。黃先生與那位樵夫的詩，來自天然，同樣是生命眞情的傾訴，難怪感人至深。

當我離開秋茂園的時候，內心激動仍不能息，這座充滿孝思與仁愛的園地，在民眾教育中自有其崇高的意義，倘若允許我對它有一份善意的建議，我希望凡是遊園的人們，都該協助園方，維護環境的整潔，則秋茂園會更爲完美，庶幾才不辜負黃先生與建此園的用心。

當天的下午，是另外一連串的奇妙時刻。

先往×中的宿舍區去看望表妹。表妹和我初入小學時，曾是瀋陽省立模範四小的同學，我們時常吵鬧，又時常和好分不開。我記得最清楚而好笑的一件事，有一次她不小心，一隻脚掉進廁所坑裏，我們急急的去拖她，那樣子眞狼狽。她哭我們笑，折騰了好一陣，由校工送她回家後，兩天都沒見她影子。「九一八」事變發生，我們先後出關逃亡，直到中學時代我們在西康中政分校又做了同學，兩個人仍然是時而逗鬧。迄後她遷家去渝，當我們都是大專的學生時，才又重逢。只是能在一起的機會仍然少，她讀南溫泉界石的邊校，我則在白沙師院。一別又數年，來到寶島才又有了連絡。我們都已變成中年人，各爲敎書及持家忙碌，會面時間雖少，然而每晤必有爭辯，跟小時候的情形一樣，哈！不過，最後卻是愉快的收場。我們離鄉將近四十載，親故多已飄零，而今能在此地有位共話「歷史」的「知音」，不也是人生一樂嗎？

在行往五妃街的途中，我心裏仍在納悶；那個淘氣的小多多，眞的變成他媽媽筆下那樣規矩了？記得兩年前，我坐在他家客廳裏，正端起一杯咖啡想要啜飲，突然間一隻小胖手閃電般的往杯上一「飛」，糟！坐我對面的「癮君子」先生的香煙頭，泡到我杯子裏來，正感爲難，冷不防他又從我身後揪我的衣領，另一隻小手則呵癢我的胳肢窩，我被捉弄得啼笑皆非。媽媽一見趕過來制止他，一轉身跑到庭園去弄自來水，兩隻胖脚泡在水裏一個勁兒地踩。媽媽再跑下去拉他回來換衣褲，總之他不停地製造「騷亂」，以致大人的談話無法連貫。後來媽媽去餐間沖麵茶，他馬上過來踏我的脚背，抽冷子我捉住他，呵哈！他笑得好得意，我也被那天眞的調皮相給逗得大笑不止。

門鈴響後，隨着一陣拖鞋的聲音有人問：「誰呀？」「是我，小多多。」「喲！門拴住了，我够不着。」終於他想出辦法，找着一根樹枝把門拴通開，這時媽媽也聞聲趕出來招呼。

多多比兩年前長高一頭，白胖胖的好漂亮。我誇獎他開門的方法很聰明，他只笑笑陪坐一旁。後來他介紹我們欣賞爸爸根據登陸月球的構想所繪的壁畫，還搬出好多玩具和小書要我觀賞。瞧他那胖嘟嘟的模樣十分可愛，不禁攬進懷裏拍拍小鼓肚子，忽然他掙脫跑進臥室，取出一隻泡沫膠鴨子玩具交給我說：阿姨，您摸摸看，是它軟還是我的肚子軟？

媽媽又端來咖啡，我逗趣的問多多：「這回你預備放點什麼進來？」哈！他紅着小臉兒先笑，然後說：「我現在是乖孩子了，連學校裏的老師都這麼說，嘿！」多多一口標準的京片子，別提有多動聽，小多眞是越來越叫人喜愛了。

我們玩得正投契，忽然鈴聲大作，原來是多多的醫生朋友趙伯伯偕夫人來訪，這「情況」令人覺得興奮，我認識「滾滾遼河」裏的紀剛先生，但他卻不認識我。這回南來眞的會晤到這位愛國英雄，眞是榮幸萬分。

紀剛先生外貌英偉，談吐睿智，雖說話不多，但卻眞摯誠懇，這使我想到文如其人的話，難怪他動筆可搖五岳。我們用鄉音交談，特別透着親切，更巧的是紀剛先生的夫人與我同姓，很快地我們就像老朋友一樣的熟識起來，後來我像個記者訪問新聞人物的口吻問他：

「請問紀剛先生，繼這本得獎的作品之後，另有什麼新的寫作計劃沒有？」

他非常肯定的回說：

「沒有。我寫『滾滾遼河』純爲了卻心願，不爲別的。我的醫生業務是很忙的。」

我雖然有些失望，不能有眼福再讀他的作品，但是他這一部作品是部傑作，於人於己都發揮到最高的意義，僅此已足慰他的生平。古往今來歷史記載中，生平以一部書永享盛譽的作者不乏人在，最爲我們熟悉的「飄」，就是瑪加列．米契爾一生當中惟一所著的一部書。一九三七年她獲得普力茲小說獎，她的作品被製片家拍成歷史上最賺錢的電影「亂世佳人」，但她卻拒絕充當製片顧問，她不慕名利，她之寫作只是爲打發時間，寫作沒有任何的目的。

時間無情地滑過，下午五時我們必須搭乘北上快車返竹，辜負了紀剛先生及夫人宴請晚餐的好意，但是仍然勞動他們去車站送行。當車身已移動，我從車窗內向外招手告別時，紀剛先生夫婦及馬氏兄嫂仍在月臺上，頻頻對我招手，感謝他們的高情厚誼，同時也感到惜別之情。

服務小姐遞過來一份晚報，我看不進去，窗外天色漸黑，索性閉起眼睛倚在椅背上，重溫兩天以來的美妙時光。我哭過（遊秋茂園），哭得心裏那麼純爽；我笑過，笑得像赤子那樣的稚誠。我所遇見的每個人物，每一件事態，都像鑽石發出來的晶晶之光，但卻比鑽石更眞實更具無限的價值；它的光亮照射我心靈，安詳、溫暖無比，這一個不平凡的週末，將夠我回味許久、許久。

中央日報

天才與母親

報載我國旅美少年小提琴家林昭亮，已經逐漸在國際樂壇嶄露頭角；今年九月他奪得在馬德里舉行第一屆蘇菲亞皇后小提琴比賽首獎，十月裏再赴西班牙演奏等情。消息傳來，凡是認識他們母子的人，莫不欣慰有加。

筆者與昭亮的母親有同事之誼，且同住一村舍，過從亦多，故能親見昭亮由幼小以及於成長。關於他學小提琴的最初動機是相當戲劇化的：昭亮五歲時，曾因近鄰白小哥哥練琴的聲音所吸引，隨後他取一册書偎在頦下作爲琴身，再以一支筷子當成弓弦，就這樣每天跟着白小哥哥練起琴來，每每口中還哼出他自編的曲調。他如此熱衷「練琴」，竟觸動白伯伯的靈感，乃用木板鋸成一把平面小提琴，再用墨線畫出弦絲，這就是昭亮擁有的第一把琴了。

昭亮的父母都有音樂方面的素養，對於獨子的喜好學琴，驚喜之中也不免懷疑，這是否一時的興趣？不能如此而決定他必然愛音樂到底，不過他們不放棄對兒子的音樂定向測驗。

他們買回琴譜，教昭亮認譜，他居然興趣不減認眞地學習；他父親用胡琴演奏西皮二簧，給予他音階及音韻上的欣賞與領悟，如此半年之久，父母已鑑定孩子對音樂的傾向，決心培植他除正式學校教育外，輔以琴韻美化他的心靈與氣質，並未奢想他能成爲音樂家。

昭亮自小就身體健碩，白胖挺拔，尤其那雙胖手更是柔活可愛，把握運轉弓弦的力量，準確而又穩定，自從他們把木板提琴變成眞正的小提琴之後，也同時拜數位老師指導，其間他曾是新竹師專輔導下的特殊才能兒童之一，而被熱心音樂教育的李淑德女士所激賞，在她悉心教導下，昭亮有突出的表現，因而獲得五十九年臺灣區兒童小提琴比賽的冠軍。

當時擔任裁判之一的，日本大阪音樂大學教授長谷川孝一先生，對他極爲讚賞，乃邀請昭亮去日本弦樂協會大會中演奏。事後請會會長對昭亮的評語是：「音色是那樣柔美，畢竟是中國人，才具有如此醇厚的柔軔氣質。」

日本之行結束，昭亮獨自一人返國，下機時身背着相機，手拎着提琴盒子，天眞歡樂地投入父母親懷抱，那時他只有十一歲，但卻情意濃厚，在百忙中還爲父母買回小禮物以資紀念。他的第二度出國，是參加中華少年兒童管弦樂團，在名指揮家郭美貞小姐的指導與率領下，赴菲律賓演奏。回國後曾蒙蔣夫人召見慰勉，這使他倍感榮幸，而津津樂道。

昭亮的老師分住於新竹、臺北二地，每去外埠學琴，父母之一必定儘量利用公餘時間陪伴，每逢有歐美來臺的小提琴家演奏會，父母必先購票携他前去聆賞觀摩，而平時家中定時播放各國名家演奏的唱片或錄音，長久的心領神會，居然使他的領悟更深，已能分辨各家在同一樂曲之中的異同之處，此非一朝一夕的結果，也證實昭亮的確在音樂方面有特殊才能。

不久，昭亮的父親因公赴美研究，帶着母親的儲蓄，及極力撙節的生活費用，爲他買來一把較好的小提琴，父親的禮物不啻是最佳的獎勵，因爲當時他的學業成績正是名列前茅，這把琴對他的意義重大，每當做功課告一段落，母親便陪伴他打羽毛球、游泳、騎單車等活動。但在規定的練琴時間，母親是認眞而嚴格的；此外每天還敎兒子讀一段英文，以及看着兒子閱讀中國古典文學與現代文藝作品，對一個十一歲的小男孩來說，似乎「塡鴨」太多，然而昭亮居然都能「消化」。

就在那年暑假，他幸運的遇見隨夫應聘來華工作的海倫米勒夫人。她係美國當代才華傑出的音樂碩士小提琴家，客寓新竹學府區，她曾奔波臺灣南北，蒐集臺灣兒童的音樂活動及演奏，製成錄音準備返美後向音樂界介紹，她認爲臺灣兒童的音樂水準，絕不遜於日本，尤其她有緣收昭亮爲弟子後，更確定她的觀點不差。

米勒夫人心慈人美，十分愛護昭亮，在她全心的指導下，昭亮的琴藝又向前邁進一步，那個暑假他在母親陪同下赴南部參加文化局託辦的少年兒童管弦樂團的集訓，然後奔忙於南北各城市公演，在這一連串的音樂活動告停時，昭亮告別了他的童年，再開學就是國中一年級生了。

昭亮的「世界」正値炫麗多姿時候，忽然爆出一個晴天霹靂；父親罹患重症，住進醫院。在病榻上痛苦煎熬的父親，仍念念不忘詢問兒子的琴藝；母親隻身到醫院侍候病人，不願天眞的赤子感染病愁哀苦，昭亮便在鄰居白伯伯一家人的照應下，獨自上學和練琴，生活了無差池，在在表現他安排生活的能力與智慧。

不數月之後的某一天，昭亮趕赴臺北練琴，返竹之前特去拜別父親，不料這竟是最後的一面，從此他成爲失怙的孤兒！可敬的是他母親堅毅勇敢，忍住悲傷，爲英年早逝的丈夫辦過喪事，獨力支撐家庭，儘一切可能繼續兒子的琴事。感人的是米勒夫人，知悉昭亮的遭遇，便拒收他的學費，並於昭亮喪父的第一百天，與其他喜愛昭亮的人士，決定籌辦一次演奏會。並有救國團及扶輪社的贊助，昭亮又得會同稍長於他的優秀小提琴家謝中平，公開他第一次的演奏會；一則紀念親愛的父親，再則也使自己接受考驗，並且答謝所有對他愛護和教誨的長輩們。

演奏會場中，有筆者與外子共賀的大花籃，並爲他拍照留念。只見這大小孩，老練沉着的站在台中央，他的台風優雅、一表人才，台下鴉雀無聲。他由莫扎特G大調小提琴嗚奏曲開始演奏，及而是巴哈第三號小提琴組曲，最後是布魯克G小調提琴協奏曲，其中最難演奏的是第三樂章。由於練習此曲的時間不夠充裕，米勒夫人希望他演至第二樂章爲止，可是昭亮卻信心十足，請求老師說：「LET ME TRY」米勒夫人被他的勇氣和嬌憨所動，含笑的應允了。

如果不見其人，只聽演奏，很難相信這些指法細膩優美的旋律，是出自一個少年之手。而天才之所以能成功，亦非只賴天賦，恆久的堅忍的愛好，才是成功的要素，而成功的背後，不知花去母親多少心血，多少劬勞與擔當，如今他終於給了母親更大的安慰和信心。

母親到後台，爲兒子的額頭拭汗，孩子隨卽雙手捧上了琴盒；這價值數百元美金的小提琴，雖不是世上最名貴的琴，但卻涵蓋着太多高貴的親情，還有數不清的期望與叮嚀！母親接過了琴，內心是複雜而又激動；睹琴思人，多少夫妻合力敎養兒子的往事，歷歷如昨；雖然他不能親見心愛的兒子以他所賜的提琴演奏，但他在天之靈有知，也將爲此感到欣慰了，她不禁撫着琴盒，熱淚盈眶。

據報載，昭亮十分希望能與獨居澳洲的慈母團聚。他母親在孜孜矻矻的努力工作，都是爲了供給他學費。昭亮是受過傳統中華敎育的少年，他懂得孝敬之道。更希望他永遠不忘在祖國臺灣，有最關心他的師長與故舊，同時更祝福他們母子早日實現天倫歡聚的心願。

六六、十二、十二　臺灣日報

從街頭到舞臺

——我的中學生活

自從「七．七」事變發生，全民神聖抗戰開始，我卽隨家人逃難，備嘗驚險與苦辛，從河北省而山西，再渡過黃河到達陝西。然後走川陝公路抵步四川成都。暫時安定下來，不只結束了數月逃亡的生活，也結束了我的童年，那是一個動盪不寧的童年，難忘的童年。

非常興奮，我穿上了女童軍制服，是一名北門外獅馬路、中華女中的中學生了。而更高興的是好友秀珍和我結伴入學，我們出入相隨，共切共磋，減少許多對新環境的陌生感。我們兩人都在入學一個月後，跟本地同學學會了成都話，這種入境問俗的語言便利，使我們在日後作愛國宣傳的工作上，有很大的幫助。

正式上課未及二月，日本軍閥的轟炸機便對我後方作不停歇的騷擾，警報聲聲一日數驚；學校顧及同學的安全，不得已改爲晚間上課。起初大家很不習慣，常有人夢晤周公，後來終能適應。校中有抗敵後援會的組織，同學是當員會員，其實我們年少無知，能爲國家做點什麼？但是竟然有的。

我們利用沒有警報的時候，「伺」空襲中間的空檔。按區分的地址招集來同學，大家分配好誰揹木凳、提漿糊、發油印歌譜。每至街上適當地點，將標語漫畫貼好，便輪流站上木凳，先演講爲何要抗戰，不抗戰就是自甘失敗與毀亡；講的人大聲疾呼，聽的人也間或發問題，都由同學清楚的回答。然後發給圍攏過來的百姓以歌篇，先後讀幾遍，從而一節節的唱下去，直到會唱爲止。我們這些小老師往往唱得聲啞力竭，卻仍賣力地唱下去，因爲大家都很重視這份榮譽的工作。

有時候唱到中途，警報大作，卽刻快動作收拾好「道具」，相偕同胞們躲到防空洞去。警報解除後，倘如時間距晚間上課還早，則繼續再奔走兩個街頭。當大家「散工」回家的時候，步履可能緩滯了，肚中飢腸轆轆了，但是我們都好快樂！內心好踏實，似乎自己的命脈已與國家民族的大命脈岌岌相連着，雖然只是貢獻出這麼小的力量。

從教室走向街頭的中學生活，實際也鍛鍊了我們面對橫逆的剛毅勇氣，以及合作團結的精神，更重要的是我們盡了中國人一份子的責任，感到無上驕傲！

這樣充滿戰鬥性的生活，我眞捨不得結束，也不忍與好友秀珍別離，然而我終於在完成初一學業後，便跟雙親全家赴西康省的省會——康定，投入一個更爲陌生的新的環境裏去，那裏是人烟不稠的邊陲。

康定又名打箭爐，是藏文「ㄉㄚˇ ㄗㄟ ㄉㄨㄛ」的譯音。當地風光與我已往所經之地完全不同，街道不寬百業亦不繁茂，但卻具邊陲的豪獷與質樸之美，像一座不經人工斧斤雕琢的天然公園。街上行人藏族同胞與喇嘛較多，我初去時，每見腰佩匕首的藏胞，都會拔腿逃跑，還有一次我被一位喇嘛撫了頭頂祝福着，嚇得快要哭了。及至與他們熟悉，我也可以講幾句藏語時，那種「隔閡」就消失無蹤。

我很幸運，插班二年級進入中央政治分校。我以文學生而着軍裝制服，自感神氣非凡。我們的制服是黑卡其布的，軍帽黑色有一圈綠色的裝飾，腰紮皮帶、打綠色綁腿，爲了學習打綁腿，先行拜高年級同學爲師，倘使沒抓到「法則」，行走兩步它就會稀里嘩啦的散開，樣子難看而尷尬。

生活全部都是軍事化的，剛一入校對於不同的號音無法分辨，直似鴨子聞雷，不知所以，而後不到一個月就弄清何是起床號，何爲熄燈號了。我們全體同學住校，週末始可外出，但須按時返校降旗與上晚自修課。

我們的校歌與中央軍校只有二字之異，所以稱得上是文武姐妹學校。校歌的第三句中，軍校校歌是：「這是革命的黃埔」，而我們則改變黃埔爲「幹部」，我們兩的校訓完全一樣，是「親愛精誠」。同學們週末放假上街，彼此相遇時都舉手行軍禮，不忘校訓的示義。

因爲學校名譽校長，是我們的先總統　蔣公，故而學校中最高行政主管是主任，以下教務訓導等組織全與一般中學相同。當時的主任崔子信先生，辦學校十分認眞，尤其在愛國活動方面，素爲當地文化界的領導。

回憶至此，使我無法抑制對崔師的敬仰與追念！他是黨政學校第一期畢業的佼佼者，主持分校之後，再於抗戰勝利後復員回北平任新職，及至共匪猖亂竊國，崔師竟在北平的保衞戰中殉國！

記得我去重慶就讀學院時候，崔師非常爲我高興，遠從北平寄參考書給我，鼓勵有加，不想自從康定我畢業離校，就再也見不到他的面了。回想他從前對我的愛護和培植，眞有說不出的哀悼和感懷！

我們那時候的課程，一般性之外還要讀藏文，是爲的生活需要。當我初次見到那種如花邊一般的文字時，簡直如睹天書，後來我也學着用竹筆橫寫字母ཀ、ཁ、ག、ང，忽然覺得很美，於是很有興趣的學下去。離開西康後而今已有卅多年未再接觸，忘得乾淨，這眞是業精於勤而荒於「疎」了。

抗戰時期的公費學校，全倚上峯撥款下來作經常費用，有時候因交通事故到時候經費無着，那就急壞了主任，要到地方上金融界籌挪款項，來解決同學的飲食問題。曾有幾次，就爲了這種行將「斷炊」的窘況，我們每餐只吃玉米粉做成的糰子湯，可是大家沒有怨言；既不是校方經管財務者的過失，又可以磨練大家吃苦的能力。

我們女生宿舍是一大間「統艙」，由於人數少，擺八座雙層牀還有空隙可資活動。「統艙」的小樓上，住着女生指導于紉蘭女士，她也教我們歷史跟美術。于老師是虔誠的佛教信者，已經茹素幾十年，她的書法蒼勁，又畫得一手好佛像，來臺後，任國大代表，且又勤於教學、誨人不倦。

我和于師的弟媳馬女士，還有我表妹文蘭華女士同學多年，記得在政校時往往跑到小樓去和于師頑皮，她總是慈愛的呵呵地笑，她那包容一切的襟懷和超俗的氣質，從不因爲她永遠是梳的清湯掛麵頭，和一襲藍布大褂而稍有減色。我現在回想當年那種毛丫頭不懂事理的淺薄，每每都在于師平靜睿智的言詞勸導下，獲益殊多，而我用一生的時間，都無法學習到她的學識（有著作多種）她的襟度。算時間我這俗忙的人，又有一段日子沒去拜謁于師了，在此特別祝禱她福體康泰，並寄上我永遠的敬仰與感謝！

抗戰期間，在諸般愛國宣傳方式當中，除文字方面外，合唱團與話劇團最爲熱門。全國掀起的劇藝高潮直到抗戰勝利之後而不衰。

我們學校的話劇隊，陣容頗壯大；「演員」係由全校師生中挑選，自然以能說標準國語爲主。我從初中卽膺選爲女主角一直演到高中。演過的劇目也是抗戰期間的名劇，如：野玫瑰、前夜、生死戀，以及塞上風雲等等。

每一次演出之前，我們演員便有半個月的「特權」享受，下午上課完畢，卽往崔師府上的大客廳，在那兒對臺詞兒及排演。崔師給我們準備飲料糖果，晚餐也是最豐富的。及至大家排演過後，崔師的勤務工友，提着馬燈送我回家，而等門的母親，每次都似慍似笑的說我「野丫頭！」可是我卻高興能有這個特別假，回到家裏親近母親哩！

那一次我飾演「生死戀」中的女伶雪雁。劇情需要我會抽香烟，又要唱一段西皮三眼的戲詞兒；於是我苦透了，每天要找時間吊嗓子唱戲，又要在導演（是康定國民日報主筆張先生，來臺後似乎在文星書局任職，後來情況不詳。）張先生的示範下學抽香烟，一回嗆咳一回淌淚，後來總算能把拈烟的姿態抓住要領、通過了。

我最感滿意而過癮的一次，就是飾演「塞上風雲」裏的金花兒，造型很特殊；滿頭是小辮子組成的長髮，着鮮麗的蒙古裝，足踏漂亮的長靴，一出場，手持的長鞭像劃過長空的閃電，只一霎間長鞭在空中繞個S形狀，又飛舞在我的身後了，我奔躍在以十多斤棉花堆飾成的雪景原野上，邊躍邊唱：「陰山山路彎且長，草原千里閃青光！」在感覺上眞是飄飄欲仙、放浪形骸，甩着我戴的長耳環，有說不出的舒暢和曠放！

然而，只待那個以做喇嘛爲名、身着袈裟而心懷叵測的廸魯瓦一上場，我就神氣不來了，哈！劇情是他假借宗教爲名，實際上卻是漢奸，來破壞塞上的和平。廸魯瓦向我說教，（其實是金花兒），因爲在舞台下他是我的國文老師，平素態度嚴肅，我們很敬畏他，於是我在台上也把廸魯瓦看成老師了。劇情中有一個動作我們要磕長頭，必須五體投地才成，我來了一個旱地入水式訇伏下去，卻不很自然，「打」得肚子好疼，我忍不住好笑，可是再瞧瞧他的訇相比我還要難看，忍不住笑得出聲，於是他警告我如果再笑，戲演完了就記我一過。總之，演出的時候趣事不少，雖很勞累但是大家都演得好開心。

演出地點是當地的國民電影院，首日勞軍，第二日才是民眾，我們政校每一學期公演一次，大多是四幕五場的大劇，在當地造成相當的轟動。

離開康定學校，我去重慶升學，卽未再踏過舞臺，我是對父親有過承諾。他要我多多充實學問，才能以另一種才能和方式報國。我從街頭而至舞臺，「玩玩」「唸唸」完成了中學的學業，我是「玩」得最痛快的學生，也對愛國情操有盡心的表達，最難得是，我並未妨礙課業，學校對我們有穩妥的照顧，不因參加話劇而在課堂上缺席。

回憶我的中學生活，那一段多采多姿的日子，眞是彌足珍貴，又好像昨天才發生的一樣。我永遠銘感中學時代的各位師長，他們以愛心與辛勞，以智慧之鑰啟開我的茅塞，在知識的領域外，更開拓對藝術之美的境界，這有助我日後的心性成長；知足常樂，永遠在學習當中求取心靈上的充實，心靈永不感到痲木枯竭。

再見了我的中學時代！讓回憶永遠溫馨！

六八年九月廿五日　中央日報

樂藝篇

永恆的歌聲

時間來得巧合，剛好開始講授孝經，一年一度的教師節卽將屆臨。緬懷至聖先師——孔子的平生，腦海裏非常自然地映現出他偉大的「畫像」，以及與孔子有關的一些聯想。

孔子昔時敎導學生，重智重禮之外，還十分注重樂敎；他要求弟子們於優美音樂的薰陶中，都能够胸襟平和、自覺內省，孕育成完美的人格。

孔子自己不僅能欣賞音樂，曾於聞韶樂後三月不知肉味；並且聽見有人唱好聽的歌，便誠懇地請求別人多唱幾遍，他就跟和着學唱，覺得是很美好的享受。

孔子曾著述樂經，認爲雅樂是我們民族的正統音樂，同時更以爲音樂是國家治亂、民族興衰的要素，並且也是人們「健康」生活中不可缺少的內容。

我們崇敬孔子，也服膺傳統禮樂之源爲仁的立意，那麼，際此亟需恢復固有文化的今天，我們何不放開胸懷熱烈地唱呢？我們本是富有歌聲的民族，快唱出中華文化的光輝，唱出意向高遠的民族心聲！

祭孔大典進行間，每聞雅樂的樂聲奏起，便使人沉入夢樣地遐想中，由現代的時空飈向往古的時空；只感到雍穆正大與深遠，心靈到達一種高妙的境界。及至雅樂奏訖，又予人一種某些人生的感悟，難怪有人說音樂是天上的語言，以「天上」來形容音樂是絕對美好。但是，我們唱些甚麼才合乎美好的意味呢？

記得去年的報紙上，曾刋出一張漫畫，筆意生動，十分引人深思：一位身穿燕尾服的現代指揮家，筆直的跪在演奏臺邊，面對着歌譜架子，斜舉着指揮棒說：「老祖宗呀！那美妙的古代詩篇，是怎麼唱的？」

此畫的示意，並非意味食古不化，乃是暗示應依據傳統的國樂精神，重新創作屬於自己民族的音樂；另一幅漫畫便表示着：「我們不要固步自封，我們要把中國老祖宗的豐富遺產闡揚起來！」闡揚祖宗的「遺產」，已經不是新鮮的課題，我們很久以前，就曾熟悉地唱過「桃夭篇」、「春夜洛城聞笛」、「大江東去」、「君住長江頭」、「春思曲」……，我們也曾如醉如痴地，沉醉在劉天華十大國樂名曲的旋律裏，這些歌曲的作者，他們眞是心眼靈慧，雅人深致，皆以國樂的傳統精神，配合西洋樂理與技巧，再加上科學的方法，創作出的新聲；我們在欣賞陶醉的時刻，都一般地抑止不住血液的激盪，只因爲它們充滿親切的「鄉」味！

這些被新譜譜出的古詩詞，是經過審愼與嚴謹的製作，更將簡陋的朗誦化爲眞摯的豪放，無論歌與曲，眞能將情感從音符中發揮盡致，也更能引發思古的幽情；有的婉傷澎湃，有的輕柔抒情，有的是舒暢自由的奔放，有的是雄壯短促的急流。在不斷的旋律變化裏，蘊含着深厚的民族情感，含有大量的泥土氣息。這些歌曲，不屬於「流行」的浮沉之列，它們是永恆的歌曲，與中華文化共存續，任何時候都可以唱，不受時間空間的影響，而且會百唱不厭、百聽不膩；愛我們的國粹，愛我們的泥土，多多演唱這些泥土的歌吧！

當世界的潮流一切趨向國際化的今天，我們無權阻遏「舶來音樂」的輸入，何況音樂根本是超越國界的藝術。對於西洋的音樂，無論其爲古曲或爲現代熱門，只要能調和人們的情感，健康人們的精神，何嘗不能够去欣賞、去喜好？但只是一點，我們不能忍受靡靡的「鄭衞之聲」，不願忍受狂叫囂噪之聲；我們自有民族的文化背景，及民族的獨特品格，尤其當此反共復國的大前提下，匡正人心，提高士氣，乃是音樂的偉大任務，「亂世之音怨以怒，……亡國之音哀以思，……」若要維護善良風氣，振奮人心，實不能任隨那些無病呻吟的，叱吒乖戾的曲調「橫」行了。

貝多芬說過這樣的話：「音樂應該從男人心中打出火來，從女人眼中帶出淚來。」我們唱「八百壯士」唱「長城謠」，唱「山河戀」、「白雲故鄉」……，不僅唱出了火花與眼淚，更唱出同仇敵愾的意志，喚起了廣大心靈的「共鳴」，誰能否認八年抗戰的終獲勝利，沒有音樂這支力量的支持呢？

我們也唱風土民謠創作的歌曲，每支歌都清新可喜，怡人心魂，而民謠「資料」的來源，一如我們詩詞「寶藏」那樣取之不盡，這許多合乎大樂必易原則的歌曲，或演唱、或欣賞，老少咸宜，相同的感受，大眾傳播部門，倘能大量「挖掘」，以利人心，豈不宜乎？

我們既然無福去做魯濱遜，便無法逃避耳「濡」目「染」的大千世界；聽幾歲的小朋友唱那：「愛銀（人），回乃（來），回到我新（身）邊。」看有些青少年朋友，伸頸扭臀鷄毛子喊叫地，喊出連串的怪調，奇怪啊！我們的文化之中難道沒有音樂？沒有純正的可唱的歌嗎？

我們多麼需要純美的歌聲，來為大家換一換耳音？我們期望產生眞正屬於我們民族風格的音樂，就大家所知，已有不少具有先見的音樂家，在孜孜地創作中，我們無限欽佩，希望創作出永恆不變的華夏新聲，來造福人羣。

很慚愧，我並非音樂家，但這並無傷於我對音樂的愛好，以及維護純正音樂的赤誠。適此孔子誕辰紀念日的前夕，我與學生們研讀過孝經數章之後，都不禁對孔子興起「高山仰止」的讚歎！我問大家會唱有關孔子的歌曲不？他們只會以禮運大同篇為詞的那一首歌，借此機會，我介紹另一首眞正屬於紀念孔子的歌；此歌乃是三十餘年前，中小學生熟悉的歌，此歌作者已不可考，雖然距今已時間久遠，但它卻是超越時間限制的歌，永遠屬於中國人的歌。

這支孔子紀念歌，它的歌詞古樸，曲調幽雅，完整的描述出孔子生平的作風，只要唱上兩遍，就會感到中國古老民族與孔子、孔子與我們之間，有種種難以言喩的深厚感情在，使我們因孔子的精神不朽，而感光榮和驕傲。此歌的歌詞是：

泗水之津尼丘靈，
博學而無所成名。
風塵跋涉十四載，
夫子從未有倦容。
天生聖德在濟世，
豈若匏瓜繫不食？
當時設爲一國相，
焉得文敎破八荒；
當時設若富貴終，
焉能修經傳無窮，
匹夫而爲百世師，
一言而爲萬世法。
天予夫子何其厚？
布衣千載世其家。
孔子、孔子！大哉孔子！

孔子以前未有孔子，
孔子以後孰爲孔子？
孔子、孔子！大哉孔子！

中央日報

伴唱記

隨着南胡的琴聲，正唱得忘我、陶醉在：「……我欲乘風歸——去，又恐瓊樓玉宇高處不勝寒……但願人長久，千里共嬋娟——。」尾音正自嫋嫋悠悠；

突然丈夫兼琴師，急虎虎地叫停！他像煞嚴厲的教師說：

「你唱的什麼嘛？在『歸』字唱出的第二拍就應該換氣了，好比平劇裏的氣口，道理是一樣的。如果『呼吸』不對，連帶整個歌調都難聽透頂！還有，你唱到『共嬋娟』之後，頂多只能延長兩拍就該休止，幹嘛像拉警報，拖個沒完？怪！」

好吧，再練就是。我喉頭發聲心裏暗笑，其實在淑芳和她的洪先生及子女的家庭音樂會裏，我只不過客串兩首歌，一共才「啼叫」四分鐘，可是卻練唱了一個多月，又被琴師挑了無數次的眼兒，難道說我眞已老得不中用啦？

忽然一位友人之子的調侃話，閃入腦際：「呀！快六十歲的老奶奶還能唱歌？別吓人吧？」

吓人？哈！我就要試試，唱歌也不是年輕人的專利吧？我突然樂出聲來，他的琴音卽刻隨之中斷，責問說：

「眞像個長不大的老天眞，怎麼不按規矩唱？林淑芳夫婦可是認眞禮敬的邀請你客串，受人之託，忠人之事，總得盡心而爲才對。你瞧她們一家爲了練習演唱，已努力了半年之久，大家都不是專攻音樂的，更該多下功夫達到水準才好，開一次音樂會那麼容易啊？」

說的是，這次我大膽應允給她們音樂會做「綠葉」，如不能克盡厥職收襯托之效，倒不如一開始就婉謝的好；然而我卻不能，卽使練唱練得老喉嚨再苦也不能拒絕，只因我受感情「控制」。昔時執教省嘉女中，淑芳是個活蹦亂跳的青年，如今廿幾年後我們重逢，她已擁有美滿的婚姻與子女，可是，她的雙腿卻罹患殘疾，每見她蹣跚而行被丈夫攙扶着的滿面笑容，我從心底感動！不知如何表達我的感受。

也許她不再需要什麼，她已「豐收」了眞摯的愛，然而她能拒絕老師再給她鼓舞和關懷？何況，我不僅是爲她的和諧家庭而高歌，也爲了一般中老年的恩愛夫婦而高歌；就像我和琴師一樣，我們的生活裏仍然溢滿着新奇和活力，所謂「桑榆晚景休嫌少，日落紅霞尙滿天。」相信淑芳夫婦能諒解我這點私心的吧。

起先，榮任琴師的師丈，特別爲了客串，自製一把新南胡以資伴奏。琴成之後幾經試奏，認爲符合他的「尺度」，便一本正經的問我：

「老太太，你要選唱什麼歌？把譜給我練吧？」

「歌譜？是連血帶肉鐫刻在我記憶裏，我唱的是卅年代的純中國風格的老歌，何處去找譜？」

在接受客串的邀請後，我幾經思考過：唱抗戰時候的雄壯歌曲嗎？似乎不合家庭音樂會的情調；那麼唱民間小調，又顧及我的老中音歌喉使不出勁兒來，結果腦際靈光一閃，算是抓住一個「主題」；淑芳她們不是以西洋名曲爲主嗎？那我就來個中國古典歌曲，與他們中西相輝映；並非我「死抱着」老古董自我陶醉，而是當大家都能欣賞西方音樂的美點之後，不要忘記自己國家也有可愛的「珍藏」；那些介乎戲曲與詩詞之間的歌曲，旋律十分輕柔悠揚，令人低廻遐想，意境高遠，倘能向年輕的愛樂者引發一些「好古」的情懷，感染些寓音樂於文化的「樂理」，不也是一件好事？

最後我決定唱一首蘇軾的「水調歌頭」，及一首國樂曲配的歌詞「漁翁樂」，當然我也可以選唱別的我能唱的歌，但我顧及琴師來不及熟練歌譜，而以上兩首是他耳熟能詳被我唱「透」了的歌，因此他頗有印象，手拈着紙筆，像漢代的鼂錯，釘在老伏生的左右，聽他斷斷續續的吐字唸句一般，就在我反覆哼唱當中，他把簡譜譜成功了。

譜成後，我的家越發是「弦歌不輟」，我把好些事擱置下來，專心爲練歌而養精蓄銳。直到他的琴「心」與我的心靈都通過美妙的旋律而互相交通無阻了，我們才放下了心。因爲凡屬參加的「演員」，必須還要通過淑芳一家的音樂指導白嬤嬤，及曙光女中主辦音樂會的校長及諸有關老師的「考試」，倘若表現不合水準，則此會勢必流產，自然大家也會感到失望。

那天，碰巧琴師不在家，我被淑芳及陳修女（昔時嘉義女中的學生）的電話邀去曙光女中音樂教室，與淑芳的一家一起參加「過關」。

我靜坐聆賞，他們半年來的辛勤練習，成績相當可觀。淑芳唸嘉女高一時，便是玫瑰合唱團的一員，音色美而圓潤，至於洪武男先生嗓音宏亮，中氣充足，當二人合唱那首：「One day when we were young」的時候，合聲與抒情皆美，洪先生深情的挽住妻子，而淑芳美麗溫柔的姿態如依人小鳥，我見此情境無法抑止內心的激動，眼眶也為之濕潤了。

洪家的演唱一完，大家交相讚譽着，「主考」中有人非常禮貌的對我道：「老師也想練一下嗎？」

為了請她們放心，立刻走上琴臺，在無伴奏的情況下清唱了一曲，然後在掌聲中下臺，白嬷嬷十分高興，把我上下打量一番，正要說什麼，忽聽在場的人鼓起掌來，接着校長嬷嬷宣佈：這個音樂會通過了！得分九十六。

熱心的非籍白嬷嬷繼續對我說：「你要穿旗袍長禮服，才配合你的歌曲，十足的中國風格喲！ＯＫ？」

哈！穿那種風隨擺柳式的長襬旗袍？我當新娘的時候也沒穿過哩；抗戰時期人們物質生活簡約，不過事着意於修飾。然而今日寶島的生活水準普遍提高，穿的藝術尤其美不勝收，做一件禮服並非難事，可是只有一項問題，我必須徵求我那丈夫琴師的同意，不願被他譏諷我是老來愛俏！

當時淑芳夫婦趕緊表示，應該送我一件禮服，眞可謂有事弟子服其勞，我大方的接受，哈！然後找個機會問琴師，心想他一定損我一頓，但卻大出意外，這位花甲老翁的思想十分開通，瞧他說的：

「禮服自然是表彰禮節的，禮也是六藝之一；樂是天地之和，禮乃天地之序，禮與樂同是維護社會敎化的中國文化之一，當然在特殊的場合是應該注重身着禮服，但要切合年齡，始見氣質……。」

得到師丈的「批示」，淑芳夫婦陪我上街，購得一件國產嫘絲衣料，淡淡的黃色織出淺咖啡色的小葉紋，雅緻得很。得衣之後我爲配鞋又光顧了幾次鞋店，但鞋樣都過於新潮，不是空前絕後式，則爲兩吋以上的高跟；我自五十歲之後爲了保養腿脚的安全，愛穿一吋以下的脚踏實地型，因自知體重噸位雖未增加，老骨頭的石灰質一定會增加，如果再不量力而足蹬時髦鞋式，萬一不愼扭傷了脚踝豈不自己找罪受？

然而又非穿高跟不可，那下襬及地的旗袍無高跟鞋的襯托則必不挺然飄然，以致穿衣者的神氣都要大打折扣矣。無奈，又跑兩次鞋店，幸而第二次奇蹟出現了，終於找到一雙不空前只稍絕後的玲巧廉價鞋，跟高兩吋，是我最高限度的足下功夫的標準了，此鞋可謂舞臺效果大矣哉。

後來淑芳的同學葉明美，從嘉義來贈送給師丈一條漂亮的領帶和帶夾，說明一定在「登臺」

時繫用，至此我的上國衣冠與琴師的西化男裝算是準備妥當。

不久，淑芳來電話請示：「老師，節目表後邊留有一塊空白，等老師寫一段有關音樂會的話，可以嗎？」

只恐寫的不够周到，有何不可？跟着絞了兩天腦汁「交卷」了：

「音樂，是天上的語言，是眞善美的化身。

樂教，使人內心中和，能端正社會風氣。

每一曲優美的音樂，都是一個永恆的忻喜，自然增益精神生活的幸福。

每一個美滿的家庭，都少不了和諧與互愛，尤因同好音樂更趨於融洽。

感謝曙光女中對樂教的闡護，將這季的音樂盛會，禮邀榮幸的洪氏家庭；

願藉此父母子女的琴韻歌聲，貫通那廣大心靈的共鳴，來分享也祝福洪氏伉儷的象牙婚愉快！」

接下來我的工作是，爲淑芳也爲自己各做一朶人造胸花，盛會中仕女佩花，不只爲增加「顏色」和精神，也是禮貌，淑芳爲此高興了一陣子。

時間飛逝，到了演出的前一天，我們全體到曙光大禮堂預演錄音。每有小疵則必再重複演唱，認眞嚴肅的情形如灌唱片然。及至大家如臨深淵般的又通過一關時，白嬤嬤上臺來指示，如何接受獻花的禮節。

淑芳的十三歲女兒筱玲，表演着捧花的姿式來我面前，我悄聲問她：

「王奶奶可以親你的面頰嗎？」她笑得好可愛回答說：

「請您多親幾下吧！」

哈！一歪頭，只見淑芳的兒子偉偉也正擺着獻花的姿態，向琴師王爺爺獻花，我看他正要去接吻那張小臉兒，忽然想起偉偉在學校一次演話劇當中，給人家當兒子，幕落回家以後，淑芳夫婦見他臉頰紅腫，一問之下乃是那位當父親的同學把他親太多了。於是我對琴師說：

「小心，別弄腫了他的臉。」逗得大家直樂。

演出的日子終於到來，整個上午我們在整理「道具」，他的南胡裝入布袋裏，我的禮服皮鞋納入「○○七」，我們多少有些緊張，提前在十一點就胡亂用過午餐。午睡約一小時，我仍舊是淡淡的面部化粧，便於演出前半小時到達曙光女中。

從大門口開始，便有鮮麗的花屏花籃分排着歡迎嘉賓，抵達大禮堂門口，兩側排列的花籃更多，及至進入禮堂一看，嗬！好一片花海！臺上臺下，琴前琴後，都燦放着各色菊花、劍蘭，和玫瑰。花團錦簇當中，淑芳夫婦正接受拍照，看他倆滿面春風，掩不住喜悅之情；洪先生緊挽着妻子，就像在保護一件稀世的珍寶，他們互相引以爲榮，共享光彩；妻子持家有方，先生工作努力，他們在結婚十四週年的喜慶日子裏，因相扶相持的關愛，而相得益彰。

我在更衣室換裝甫畢，聽見一陣歡呼，接着湧進來我執教省竹高商的畢業同學，「啊呀，是你們喲」；邱富帶着先生和孩子們闔第光臨，尤其意外是麗照許久不見，也相偕先生來了，還有徐富妹與兩個可愛小女兒也到了；那兩個文縐縐的小可愛端立我面前說：「婆婆好漂亮，哈！」接着是秀盈、玉蕙笑着走來，抱歉說新竹的玫瑰花已無貨，全弄到這裏近百隻的花籃裏了，沒法向我們獻花致敬了，我不禁好笑，她們以爲我是「主角」啦？事實上我乃是「綠葉」，爲了忘年之交的弟子盡一份微薄的心意而已。

距開始演唱還有十分鐘，楊春梅從竹東趕到，一見我就直率的建議：

「老師，您的面部化粧太淡了，不合舞臺情調。」說着就從手提包裏掏出眼蓋膏、腮紅和唇膏。熟練地像位化粧師，在我臉上一陣塗抹，及我對鏡一瞧，哎呀！奇怪，像是透過了時光隧道，我又回到四十一枝花的模樣了咧！

節目一一進行中，掌聲振盪，來賓的水準顯然都是上乘，演唱時不聞一絲嘈雜，及至快到我們登場，琴師從花瓶裏拉出一枝「碧姬芭鐸」（玫瑰的一種，色極鮮艷。）摘去根部插在西裝口袋裏說：爲了祝賀洪先生和洪太太。

他一付「尖頭鰻」的風姿，挽着我緩步登臺，中途在我耳畔悄聲說：「嗨，老奶奶，小心踩上長袍摔跤呀！」我忍住笑與他到達臺上前方，向來賓鞠躬後，他坐定拉出南胡的弓弦，在演奏前奏曲時，我忽然想起他批評過，說我唱歌是「放蕩不羈」派，往往不「受制」於拍子，隨心所欲的唱。今天我爲伴唱而來，眞不能發生任何「故障」，以免給洪氏夫婦失面子，因此格外留神，全神貫注的引吭高歌，似乎世界已經掩埋在歌聲裏，當我從幻遊歌詞的意境裏清醒過來時，只聞掌聲熱烈，又見「一隊」男女小可愛走上臺來獻花，他（她）們都是要喊我奶奶或阿婆的孫輩了，我一一親過他們，內心無限溫馨！

無論「代溝」一詞如何氾濫，今天我和我的學生，以及他們的子女，三代同臺，融洽在倫理、禮儀，與樂教的溝通中，不只是分享而且有共鳴，其中的涵義豈不深遠？

當節目結束時，我已在更衣室「還我舊時裝」，趕快去到禮堂向光臨的朋友同事致謝。結果仍未及時面謝我的芳鄰崔佩弦先生賢伉儷，他們視我與琴師的客串爲大事，還贈賜漂亮的花籃，實在感謝他們。後來我見到省竹商的女同事美芳與綉金，我自退休很少與她們晤面，自是高興非常。美芳的先生懷抱着可愛胖娃娃，稱讚說：「他好像知道這是音樂會，一直沒吵過一聲哩！」我撫摸娃娃的小胖手說：「向最年小的貴賓致敬！」

忽而，我找到了老同事詠絮，她一見我竟眼眶濕潤，將我半擁在懷裏了，我一向了解她的「毛病」；對於音樂的感受特別「多情」，上次林昭亮回國演奏小提琴，他一開始拉琴，詠絮的淚水就奪眶而出了。於是我說：

「哎！我又不是什麼名歌唱家，只不過爲了忘年交的學生伴伴唱，我那兩下子表現『菜』的很，也值得你那樣感動？不過我太感謝了，你寧可婉謝一個重要約會，而來此捧場，這才令我感動呢！」

她表示機會太難得，錯過了可惜，然後她強調：

「不爲別的，我一見你們二位白髮的雙星上了臺，那一種成熟和坦蕩的氣質，眞是發自內在的華美，加上如溪水婉轉的南胡琴音，交織着純中國情味的歌詞，眞覺得情感的崇高和醇美，深深的扣人心弦，我怎能不感動？」

曲終人散時，修女們恭請嘉賓都攜一束鮮花回去，讓大家仍留下這場家庭音樂會的溫馨回憶。

淑芳夫婦過來，一再的道謝，說辛苦了老師與師丈，可是當我宣佈兩項「秘密」之後，他們二位便驚訝得大笑。

是演出的前一天，我的喉頭因乍暖還寒的天氣，有些發癢，時時微咳，心想糟了：偏偏要在節骨眼兒上出岔子？因而猛吃川貝枇杷膏，及至第二天情形稍好，下午赴曙光去伴唱時，口裏含着喉片，開始唱第一首歌的時候，喉邊還剩下綠豆大一塊消溶的喉片，幸而沒噎得擠不出歌聲，看有多「冒險」？

其次，是師丈踏破鐵鞋，在新竹市找了兩圈兒，又在臺中找了大半城，才買到的一支定音器，竟然在上臺前發現擱在家裏忘記帶了。我最爲着急，倘如他定弦過高，我就要聲嘶力竭地拚命，活像踩住猫脖子似的那種尖噪，我眞不能想像，在那種情況下，我如何還在臺上站得住？

幸而，琴師已頗有經驗，他很技巧的襯托我的歌聲，終於圓滿達成伴唱的任務。

中央日報　六十七年五月廿七日

往日旋律

去年於中副曾讀桓來先生所寫「燕雙飛」，前不久中副又有文談及「王昭君」，並更正其中一句為「棣蕚情長」。這兩首歌在卅年代流傳頗廣，誠是我們年歲相當者所喜愛和熟悉。它們能流傳至今，不受時空限制而被遺忘，足見其詞曲皆美，自有其存在的因素了。

關於「燕雙飛」歌曲詞意之優雅，如詩如畫，誠如桓來先生原文所述，我聽原野三重唱眞把此歌的神韻唱得淋漓盡致。「王昭君」歌詞是無名氏作品，猶如史詩一般，以大漠飛沙的空寂，配以哀怨的弦音，當然動人。昔日由同學教我這支歌時，她是用廣東粵曲的獨特音調來表達，似乎更加濃了悲感與戲劇性，當時尚無所謂流行的時代曲這一名稱，我們把它視為藝術及文學的結晶。

每每聆聽或自唱這些歌，都不禁親切之感，且油然而生「歷史」的遐想與追憶，而三十年代身受音樂教育薰陶的情況，也歷歷如在昨日。我對音樂並無造詣，但是事實不可否認；為了往昔所受樂教的影響，竟能大半生受用無窮，甚至一生都感悟下面一段話的眞義：「夫物之惑人無窮，而人之好惡無節。以道制欲，則樂而不亂；以欲忘道，則惑而不樂。」

昔年少時，在大陸北方求學，一般課程之外相當重視寓教於樂。課外的康樂活動，不僅要加入合唱團，（本人由小至老皆是女中音。）而且規定至少要選修一種中國樂器，直到畢業爲止，否則操行成績難合水準。

學校注重樂教，旨不在造就音樂方面的專才或特殊人才，而是要將音樂普遍化，成爲生活中的方式之一，並提升同學的心靈美感，培養高尚情操。校方因此每每舉辦班際之間及全校性的音樂演奏會，以致平日校中卽是弦歌不輟、生氣勃勃，就連愛吵架生事的同學，也減少了「爭訟」的個案。

卅年代前後所學的歌曲，大多保留較濃厚的民族色彩；融入了中國古詩詞及戲曲的成份，抑揚頓挫輕柔和諧，而每首歌曲都獨具意境，不論寫景抒情，都那麼適於我們以中國人的「心音」來發抒，朋友們如果不反對我是在「食古不化」，且聽這首以古詩衍演而來的「杏花村」如何？

艷陽春，清明時節雨紛紛，
沾衣襟，路上行人欲斷魂！
借問酒家何處有？
牧童牛背忙欠身，

遙指草橋道，一片白雲深。
青山翠盈盈，露水低沉沉。
酒旗飄柳外，茅屋靠山根，
那就是杏花村。

這不像充滿春之喜悅的小品文嗎？多中國風格呀？

有關地理常識方面的歌也不少，如像全國各省份的簡稱、編彙成一首旋律輕快的歌，特別容易記憶。另外有描述各地方風物的歌，以期唱歌的人明確認識中國幅員之寬闊及博大。我因在內蒙生活了幾年，曾數度經過長城內外，故而對描述塞外的一首歌，記憶猶新，其歌詞是：

雁門關上雪初消，
塞外的風光也够瞧；
楊柳岸、酒旗招，
四野的牛羊隨處跑，
（間奏）16 1535
青天高高，白日昭昭。
自從春去了，
風光不够瞧；

不見酒旗招，
不見牛羊跑，
冰天雪地人寂寥，
鏡中枉使紅顏老，
(間奏) 5632
青天啊高高，
白日啊昭昭。

此外如國劇中的「小放牛」，不僅也納入音樂教材，且亦有新詞配合原譜，如「蘆溝橋問答」這首歌。像「火燒戰船」中曹操宴長江橫槊賦詩，所唱的「短歌行」，以文學作品而賦予唱腔，其「歌聲」之沉麗動聽，百聽不厭。

還有那些唐詩、宋詞，眞是譜曲的好題材，我們也由於唱詩唱詞，而熟記了較多的有韻文學。這許多音樂教材來源不斷，又好比生長在中華泥土中的「蔬菜」，一經我們咀嚼，特別透出清香甜冽的鄉味！「心之愛矣，我歌且謠，」怎麼能忘得了？

每當我思慕陷身大陸的老母，便以歌當哭唱以下的兩首歌，這些歌是往日極具中國風的作品。其一，歌名是「流水落花」：

好時候，像水一般不斷地流。

春來不久、要歸去也，
誰也不能留！
別恨離愁，
付予落花、流水，共悠悠。
想起那年高的慈母，
白髮蕭蕭已滿頭。
暮暮朝朝、暮暮朝朝，
總是眉兒皺、心兒憂、淚兒流
年華不可留，
誰得千年壽？
我的老母！
水啊；
你帶着落花，
這樣流啊流啊，
到我的家。
花啊；

你跟隨流水到我家門前停下，
將花交給我那年邁的媽媽，
讓她的白髮加上幾片殘花，
好一個呀青春的笑吧！
花啊！水啊！
勞你們的駕呀！

也許有人說，這支歌的抒情太低廻太脆弱了，是的，似乎有股無望的低吟，令人難受。然而悲歡離合本是人生的無奈，惟其經過情感的磨鍊，把母愛給予的勇氣、努力振作，不也能安慰母親的心了嗎？那怕是相隔千萬里。

其二，歌名是「寒衣曲」：

一

寒風習習，冷雨淒淒，
鳥雀無聲人靜寂。
織成軟布斟酌剪寒衣。
母親心裏、母親心裏，
想起嬌兒沒有歸期，細尋思：

小小的年紀遠別離，
離開父，離開母，
離開兄弟姐妹們，
獨自行千里。
難記、難記，
腰圍粗細？身段高低？
尺寸無憑難算計。
望着那針線空着急；
望着那剪刀無憑依；
望着那針兒只好嘆氣！
望着那線兒沒有主意，
沒有主意。
記起！記起！
哥哥前年有件衣，
比一比弟弟。

二

琴歌陣陣，笑語殷殷，
課罷歡愉歡不盡。
綠衣人來送到包和信；
仔細看清、仔細看清，
看罷家書好不開心！
是母親做來的新衣，寄遠人。
一千針、一萬針，
千針萬針密密縫，
穿來軟又輕。
對鏡、對鏡，
不長不短、不寬不窄，
新衣恰好合兒身；
穿起了新衣不離身；
穿起了新衣記起人！
記起了人來眼淚零零，
記起了人來不能親近，

不能親近。

親近、親近；

且把新衣比愛親，親一親母親！

雖說今日在此的生活水準，已超越卅年代太多太多，穿衣購衣極稱方便，子女們已不易領悟「臨行密密縫」的母親劬勞與情味，然而變得了的只是物質文明的突飛猛進，偉大的母愛又何曾減損分毫？因此，即使是由母親的手爲子女們選購來的衣服，依然是沾滿母愛的恩澤啊！……

我們的國花是梅花，而我國亦是梅花的原產地；國花的精神人盡皆知，因此梅花的堅強可敬也就特別惹人喜愛。可是讚頌梅花的歌曲似乎不多，最爲人熟悉而朗朗上口的當屬「梅花梅花滿天下，越冷它越開花……。」此外在「寒梅隴上香，春來……」的歌曲中稍窺疏影暗香而已。

因此我常常唱我最心儀的「梅花頌」，來讚美梅花，其詞如下：

梅花，
你的品格多高！
你的骨格多傲！
你的容貌多嬌！
除非青竹
誰配與你結同心之好？

我將栽你到青竹的園裏，
永遠的陪伴你。
雪魂冰姿是我們的性格，
冷艷酷香是我們的懷抱！
卽便有寒風顚狂的叫號；
嚴霜殘暴的凌虐，
我們當作：
成全我們的藥石，
建設我們的材料，
梅花啊！
風霜見勁節，
歲寒知後凋，
奮勉努力，
任意逍遙！

朋友們，看過這首梅花頌歌詞，您定會欣賞它吧？

在我讀小學期間，也正是日軍侵略家鄉東北不久，「九·一八」事變帶給全國震驚，而當時的愛國熱潮，也表達在歌曲中，所以我在河北省求學的音樂課程，便增加了愛國歌曲，以灌輸國家民族的大義。記得每天早上升旗典禮後，都繞場齊步或跑步，同時引吭高歌以振奮精神。我們唱愛用國貨歌、打倒列強、鐵血歌、馬賽曲……，尤其我是從淪陷區逃亡到河北省的，常有同學指我是「亡國奴」，使我無限傷心！因此我唱愛國歌曲時，聲音特別大，感受也特別強。

有人說成長是一連串的痛苦，此言我最認同。我在小學快將畢業之際，日軍又發動了「七．七」事變，侵佔我國的華北，我的學業只好擱下，在敵人的砲聲與飛機轟炸的脅迫下，跟隨着難民羣作生平第二次的逃亡；是誰使我們流浪？誰又願意離鄉背井？只爲了不願被敵人侮辱，爲了追求自由，我們歷盡風霜與危難，一心追隨我們的政府、嚮往接受國家保護的幸福。於是我們長途跋涉，渡過黃河經過秦嶺，走完了川陝公路，當我與兄妹向自己國家的飛機拍手跳躍、流眼淚的歡呼聲中，我已是四川成都某女中的中學生了，那經由痛苦磨鍊出來的生命，也就更多一份堅忍力。

抗戰生活的開始，也是抗戰歌曲的創作源源而生的時期，除少數中外電影揷曲，幾乎耳之所聞無不是與抗戰有關的歌。有道是「有歌聲的地方，就有希望。」歌聲喚起了大眾心靈，從歌聲中動員，意志集中、力量集中。由於敵人的轟炸日緊，我們被迫於夜間上課，但卻在空襲的間歇白晝與同學共赴街頭，作愛國活動。這項有意義的工作深爲我們所重視，從未見有人借故缺席，這也是抗戰救國的教育給予的責任感。

當我們把扛着的木凳放下，貼好了標語，便把油印的歌譜分贈給圍攏過來的同胞，在一段抗日要義演講之後，便是教唱。我們往往喉嚨唱啞了，仍不願意停止，誰也不情願「示弱」！我們能對國家付出的心力只這一些些啊。

我們唱，同胞們跟着唱，然後再一起流眼淚，那同仇敵愾的共鳴，也加強了同胞的團結更爲緊密。

當時我們中學生所學的歌曲，少部份可稱作藝術性的，大部份的抗戰歌曲，其中較多的風格屬於民謠小調，這些民謠小調尤多另編的新詞，合乎「大樂必易」的原則，故而在教老百姓唱歌時，最受歡迎，學習率也較高。

回想抗戰時期，全國軍民經過八年的艱苦奮鬪，而終得勝利，其中音樂所貢獻的力量也是因素之一，這是史實，有歌聲就有豪氣，人心必然振奮。

結束了街頭教唱的日子，我已是重慶一所學院的學生，從同學輾轉流傳中學得更多的新歌，同時也流行唱西洋歌曲，如像「One hundred and one」之中的歌曲，或電影挿曲。然而在校園四處歌聲嘹亮的仍屬抗戰歌爲多，誰都警惕着「這是戰時」四個字，我們也幾乎聽不見靡靡之音，自然也不會唱。

我們流亡學生，對抗戰愛國歌曲尤多一層體會，有位四川籍同學曾問過我：「爲什麼你唱『嘉陵江上』和『長城謠』就要盈淚？」我告訴她：「因爲我有鄉土淪喪的慘痛經驗，所以就加重了此歌的感情份量。」我將歌中的含意和情境分析：

「那一天敵人打到了我的村莊，我便失去了我的田舍家人……。」這種受敵人破壞的慘痛她當然不知道，但是事實。「江水每夜嗚咽地流過，都彷彿流在我的心上！我必須回到我的家鄉，為了那……。」唱到這裏眞抑不住嗚咽了，但是接下去的旋律加強而振奮的「我必須回去！從敵人的刺刀叢裏回去！把我打勝仗的刀槍，放在我生長的地方！」最末幾句由憤恨而生堅強復仇的勇氣，唱至此處也抑不住內心感情的激盪。

這首歌是以西洋的作曲方式寫的，然而歌詞及情感的表達卻是充滿中國泥土的氣息，那麼親切又令人依戀。由此我相信，一位成功的音樂工作者，不僅在技巧上和修養上下功夫，更要有廣大生活的體驗，與沉痛生活的磨鍊，許多膾炙人口的抗戰歌曲，便是如此產生的。

最近有兩次，由中視的螢光幕上，以淚眼重覩萬里長城，我屏息着注視，生怕錯過任何一個畫面，最使我難抑悲酸的便是那熟悉的畫面同時配合着「長城謠」的歌聲，聲聲有血淚，有憤恨，有聲勢！痛快淋漓、激昂澎湃！好難消受的鄉愁啊！

自少小出山海關入關以來，流亡途中歷次經過長城，那偉壯的建築，祖先奮力禦敵的工事，代表着中華民族永不屈服任何暴力的精神！雖然我們為長城的慘遭匪黨破壞而憤怒惋惜，但只要我們復國的志氣在，萬眾的團結目標在，我們就有重踏長城的一天！我也有回到長城外面故鄉的一天！我喜愛「長城謠」，雖然它令我沉痛落淚。

那時期，除愛國歌曲處處聞之外，我們校內也流傳李叔同先生——弘一大師的歌曲。讀中學起就唱過大師的「送別」、「夢」、「憶兒時」，可是只能欣賞歌曲的外在美，至於歌中的深刻內涵，卻是在就讀學院以後逐漸領悟到半懂。

每唱大師的作品，自然從內心對此一代的藝術家高僧無限崇敬，而他的詞曲都包涵高遠的意境，都有蒼涼而超脫的人生眞諦在內。我從中學唱他的歌迄今，年歲的增長更能體悟接觸他歌中的境界，際此世亂紛浮的時代，大師的歌曲猶如清涼妙劑，會減少許多妄念與煩惱。

有位朋友也愛音樂，她對我說不知道我們這種祖母級的人有什麼歌可以去唱？西洋熱門歌曲？兒歌？或者不離愛呀愛的歌？她還問我如今的音樂生活是怎麼安排的？

哈！這問題並不算小，但也沒難住我。我先以兩句話作爲挈領：「常以舊曲回憶過去，時以新歌準備將來。」我們可唱往日的老歌，又能吸取不斷推出的新歌，有足夠的選擇自由，那怕沒歌兒唱？但要唱那些新歌呢？

記得前年讀過「有聲的中副」一文，介紹黃藍先生的詩「我吻了祖國的土地」，詩由楊光榮先生作曲，連詞帶譜都刋在副刋裏，這就是新歌創作的來源與方式之一。此外在流行歌曲與藝術歌曲中，常常會遇見詞曲皆好的新歌，這些「新歌」也可以學唱，而在其他報刋中也常有爲詩作譜曲的新歌。自從中美斷交之後，人心受到極大的衝擊，在「覆巢之下無完卵」的猛省之中，一時富於民族氣概的愛國歌曲，創作量不少，從各種傳播媒介中，都可以吸收到新歌。儘管我們不是歌唱家，老嗓子也許像破鑼，然而唱歌是生活中不可缺的「享受」與權利，只要我們高興唱，就舒展心懷快樂的唱罷！

我們當然也喜歡欣賞西方的音樂，由於經濟力的原因，我僅能裝置一部二聲道的音響，我平時輪流播聽貝多芬的田園交響樂及喜愛的提琴曲，瑪麗安得遜的聖歌，以及其他好聽的爵士樂曲，還有卡本特兄弟的輕快歌唱等等。但這僅止於欣賞，眞正令我的情感契合溶入旋律中的，乃是百聽不厭的國樂演奏曲，那些以中國樂器獨奏的曲子，又如姜成濤所唱的民歌小調，又如臺灣歌曲「望春風」或「白牡丹」等等。不錯，今天的世界音樂已不分國界，我們不該有狹隘的民族本位看法，然而近來從報章的報導中得悉，我們的大漢天聲，已非常受到外國音樂研究者的矚目，我們在學習西方音樂之餘，能不在民族音樂的風格上加以發揮創造嗎？在此我要向那些孜孜爲民族音樂努力貢獻的音樂家致敬！並期望中華民族的音樂在世界的音樂氛圍中，表現出獨特的光輝和力量！我們原本是最早懂得音樂而有音樂的民族啊！

荀子說過：「夫樂者樂也，人情之所不能免，故人不能無樂。」我認爲個人「有樂」的生活，不只是享受音樂予人的美感，尤其能引人的思想行爲，使內心中和、規範無過，即使不一定達到音樂專長的水準，也是於己有利的一種修養，何樂不爲？

今日世界，大鬧能源恐慌聲中，我們大聲呼籲節約，使我想起多年前流行的一首「克難歌」，即使是繁榮富足，也需要有所節制，提高國人的道德精神，走向樸實勤勉之途，爲國家儲藏力量，是每一國民應盡的義務，而奢侈敗壞終致毀傷自己。眞希望這首令人居安思危的「克難歌」爲大家所樂唱，唱出精神和效果，所謂「社會之隆汚繫於人心之振靡」，我們都振作有爲，何慮社會風氣不隆？

有位我國的先賢曾說：「樂律不可不通，以其與兵事文章相表裏。」所以，不能忽視音樂的力量。

六八年八月一日　中央日報

同聲相樂

——「往日旋律」外一章

八月一日上午，剛從菜場回來，一進門兒就忙不迭地接個電話，一聽之下是同村子的趙太太，那口不折不扣的京片子加上銀鈴兒般的笑聲，正是她的標記，她呵呵地說：

「哎嘿！今兒早上一打開中副，就見到你的『旋律』，甭提我多樂啦！那些個歌兒呀好熟悉、好親切喲！把我又帶回從前的夢裏去啦！哎，我說你一早兒跑那兒去啦？我這是第三次才被你接聽到的，嗨，老姐，多想點兒老歌出來叫咱們飽飽耳福嘛，那些歌兒多有韻兒喲！……」

她平素喜歡音樂，家中有音響設備，唱片和錄音帶不斷在增加。此「太」不吸烟不打牌，最愛摟着狗寶貝躺在沙發上聽音樂，有份令人稱羨的悠然愜意。承她如此給我鼓勵，眞是感激，於是我「開」了張不定期的「支票」說：

「謝謝你捧場喲！爲了報答知音，我一定努力回憶，把還能記得出的老歌詞給『揪』出來，說不定還用我這破鑼嗓子錄音一番；先甭說什麼金唱片的水準了，如果能唱出點兒銅唱片的味兒來，我也會拷貝給你的，滿意吧？」

接着我倆從耳機中，互作會「耳」的大笑，似乎是在爲藝術精神的伸張貢獻了點滴之力後而感到快慰。

接着我把菜籃提進廚房，頭腦裏已把菜式分配妥當，正要爲蔬菜清洗，忽然電話鈴大作，像衝剌一般奔過去接聽，對方傳來嬌細的小姐聲音：

「請問是老師吧？我是鳳銀呀！老師您好。今天早上讀到您的那一篇，啊！老師，那些歌詞好典雅喲！有的歌怎麼從前上課時候，沒聽您唱過呢？我可以請您錄音不？」

這位鳳銀，實在應該是「金」，她在校時功課好，閱讀課外書籍的能力也強，所以她的作文篇篇言之有物，又寫得一手好字，也喜愛音樂，是個有內涵的女孩子。

她提起我在課室中唱歌，那是筆者經過多年教學實驗，所獲的獨門之秘，哈！大言不慚。因爲登在講臺上，最不願目覩的一件事，就是學生上課時候「打坐參禪」，如果用「短兵相接」法去敲之搥之，於心又不忍。故而「設計」幾分鐘的「趣譚」，或者一展歌喉，製造些興味來給「聽眾」提神。尤其是課文碰到是純文學作品，那就音樂細胞「跳舞」啦！我唱，她們唱，打成一片好不開懷！後來乾脆油印成歌譜，正式的成爲課程輔助的資料了，如像：唐詩、宋詞、木蘭辭等等，如此這般頗能幫助對課文的記憶，同學們對此交替反應都有興趣。記得講到「長恨歌」中「梨園子弟白髮新」一句，先就有人發問說：

「老師，是說在果園中工作的人嗎？」哈！爲了否定不是專指果園，便將「梨園子弟」的典故從頭述起。然後爲了增加同學們的一般常識，及對國粹藝術的初步認識，於是乎講臺變成了舞臺，儘我所能知道的，將平劇中的角色生、旦、淨、末、丑一一粗淺的介紹，而且斷「齣」取詞兒，每角都唱上兩三句，她們聽得開心，正鼓掌爲我這個「皮毛教師爺」喝采，只見校長大人巡課來也。

奇怪？沒弄錯吧？這兒不是音樂教室哩？

我見他眼神詫異，就替他想出那些話，跟着我下臺去向他致意，解釋說：

「報告校長，讀到有韻文的課文時，非得朗朗誦唱不可，否則只有知性而感性缺缺，那等於白唸，實在領略不出其中的『美味』，您以爲呢？」

感謝民主作風的校長，他頷首微笑說：聲音別太「爆炸」，以免妨害鄰班清靜。當然我們是有分寸的，豈能像唱野臺子戲那樣？

話說我接聽幾通爲了「旋律」歌曲的電話後，內心眞有說不出的愉悅；誰說在功利主義誘人的社會中，藝術精神不受重視呢？我們欣見新的樂團不斷在創立，愛樂的人越來越眾，從一般人聽不太懂的西洋歌劇，到一般性的各種音樂，都有擁護者，而音樂「風」趣的美，便從正常的生活中表現出來，這種風氣足能媲美「草上之風必偃」的勁風，將阻擋和排斥千萬變化的靡爛「災害」的誘引，誰能否認音樂之功不是大矣哉呢？

當我準備竭盡悃忱，再爲愛樂者作些許貢獻，坐在燈下「搜刮」記憶中的老歌時，忽然電話又響了。這次是臺南的老友陳廣鐸姐打來：

「嗨！您好？哈哈！今天讀中副拜讀過大作啦！您的記性眞是好，把我當年熟悉的歌兒寫出來，我眞有重溫舊夢的溫暖感哩！我給您說，『流水落花』的中段那幾句我唱不對調兒了，現在敎敎我好不？」

這眞是件新鮮事兒，我對準耳機大展歌喉，一遍之後她說還要「安可」，外子「聆賞」之下，不禁大樂，他說道：

「哈呵！二位夫人眞是童心可貴，好快樂的電話遊戲喲！尤其那位廣鐸姐；她學的是機械，也敎的是機械，卻沒料到她的音樂細胞一點不機械化，眞是有意思而難得呢。」

事隔三天，我接到中央副刋轉給我讀者的信，是一位服務傳播事業的李先生寫的，他的文、字眞美，詞意之懇切尤令我感動：

「……讀『往日旋律』，不勝今昔之感。三十年代多少好詞曲，如今泰半都成絕響。昔之歌曲皆有其本；此本是國本，此情是情根，所有倫理文化出於斯土，發於此心。文中所舉『寒衣曲』，昔少時口不輟唱之曲也。而今隨詞吟之，不禁淚隨聲下！時不我與，一別故土，至今鬢已斑白……欣見此文與樂勵後，感動我心……」

在此，特別感謝李先生，他的一信「品評」，給我很多鼓勵，寫稿的辛苦也爲之消除了。眞願我在退休的生活中，仍然振作有爲，繼續奉獻棉薄給社會，儘我所能做的來答謝熱心好心的朋友！

一連兩天，搜索枯腸，竟然又得了兩支可唱的歌，正興奮，中副又轉來一封讀者的信，是就讀東吳大學的蔡秀慧同學寫的，這女孩兒一片純純之意，她讀國文系，很喜愛國樂，甚至伴着一把南胡睡覺，哈！這位小歌迷說：

「……讀過中副您的『旋律』，就忍不住要和您談談，我自小慣聽外婆和母親唱這些老歌，歌詞大都高雅寓有深意。我從屏東北上求學，往往節省生活費，去拜師學琴，且參加合唱團。我發現許多跟我一樣的年輕朋友，也喜愛國樂和中國以前的老歌，可是那些富於中國風格的歌曲，一直未經專人加以整理出來，所以一旦得見老歌，眞是既陌生又欣喜、又不知到何處去尋這個『根』？今見中副刋出這許多歌詞，不由我雀躍萬分，因此不揣冒昧寫信詢問，甚盼能得到您的譜曲，或陸續發表出來，那我眞是感激不盡！我先請合唱團的同學練唱，然後將之推廣到每所大學去，我還可以把資料交請軍中電臺『國樂選粹』節目播放、推廣，我都迫不及待地想聽見滿街都響起、唱着我們自己民族的歌……。」

讀完她的信，我是既感動又興奮！誰說我們這一代的青年沒有理想和抱負？少數迷失了良知的青年，不足以「一粒鼠糞攪壞了滿鍋的湯」，多數的年輕人是純淨可愛的。蔡同學如此年輕，卻有深度的理解，更難得她有尋「根」的熱情，佛家說「心外無別法」；她於求學之餘以音樂爲充實心靈的康樂項目，她一直不放棄學習琴藝，不住在尋找題材作成錄音。這種行有餘力則以學「樂」的專一精神，正代表出更多年輕人的精神生活，不管是一把南胡或一支吉他，所發生的力量，都可以敵過「放縱自我」走向腐化之途的。今天大家生活在豐盈的物質之中，而能不忘追尋心靈的寄託，證明我們的社會已步向更高層的精神境界當中，而青年的一代所表現的，不更使人安慰嗎？

這個「回響」，使我精神爲之一振，也證明我這一點淺薄的「薪火」，是可以傳遞下去的。但我介紹這些老歌，目的是在拋磚引玉，敬希高明的作者讀者，續將可唱的好歌也加以傳播。我回覆蔡同學說我沒有曲譜，只是憑記憶的，不過爲答謝蔡同學及她任重道遠想爲發揚國樂努力的壯志，我應諾她逐漸地把曲譜譜好，再陸續寄給她，一次譜成多曲事實上力有所不逮。因爲我亦忙人也，主持「家務卿」工作已很繁瑣，何況還要照料植物花卉，以及讀書剪報等等。俗語云：「不怕慢，只怕站。」我能「安步當車」的「走」下去，必可走出點兒結果吧？所以我又「馬不停蹄」地又「走」了十多天，竟然從記憶之海裏，又打撈出好幾首詞意不差的「中國之聲」，爲了答謝大家，不敢自秘，於此再作野人獻曝，深盼與諸位讀者與愛樂者，「共鳴」共樂。

農夫歌

這首流行在二十年代與三十年代初期的歌，保留着中國以農立國的鄉土風味；那時代的經濟既無今日之繁榮，農民同胞在工作中全憑體力，不似今日農村已大致機械化科學化了。那時候的農民眞正是胼手胝足，他們的樸質和今天的農民同胞一樣，但是在收入上卻不能望今日農民之項背了。如此勞苦功高，一般人常常無意間調侃他們是「老土」或是「草地人」，因此有心的音樂家，寫下這支歌來感謝他們，歌頌他們的貢獻與重要：

穿的是粗布衣，
吃的是家常飯。
腰裏掖着旱烟袋兒、頭戴着草帽圈。
手持農作具，日在田野間，
受着勞苦與風寒，功德高大如天！
農事完畢急急納糧捐；
將糧繳納完，實在自得安然，
士工商兵輕視咱，輕視咱，
沒有農夫誰能活在天地間？
（尾聲）5 2 3532 1 2 | 6 13 2

秋　夜

這首歌，像淸雋的小詩，充滿自然的神韻，只那麼俐俐落落的幾「筆」，卻將沉靜幽遠的美表達了。於是吟誦秋夜的時候，不禁聯想起「歐陽子方夜讀書」的那份境界，眞個輕靈有致。

秋夜雨瀟瀟，打芭蕉，
添得騷人幾分閒愁惱，
淅瀝、淅瀝、淅瀝，
把夢魂來擾，
聽牆角，秋蟲叫。

畢業歌

往昔在大陸，由小學至大學，各校每逢舉行畢業典禮，送別的時候，經常是唱那首：「同學們，大家起來！肩負起天下的興亡，聽吧！……」另外還有「長亭外，古道邊，芳草碧連天……」以及後來逐漸才流行的一首「驪歌」，一直延用到今天，這首歌是套用「魂斷藍橋」的曲譜。

在我的記憶裏，深深的鐫刻着另外一首我唸小學時候唱的畢業歌，詞曲都平易感人，願與讀者共賞：

在校生唱：

薰風吹，荷花香。同窗姊妹（如係男生可改唱爲兄弟。）畢業好時光，柳絲牽惹離情長！別語教從何處說？淒涼！

畢業生答唱：

朋友們，別嗟傷，青年有志在四方。臨去依依休作女兒樣！心心相印勿相忘，暫時別、又何妨？

在校生唱：

諸君此去行程壯！校譽遠揚！勿徬徨、快高翔，看鵬搏萬里，乘風破浪！

畢業生答唱：

勉勵語牢記在心房，形離心合還是在一堂。朋友們敦品勵學須早商，休辜負韶光！

中華男兒血

似乎在抗戰以前，我就常唱這首歌了，可能是「九·一八」之後創作的愛國歌曲。歌詞奮發，主題光明，多少民族正氣，熱愛國家的忠忱，充塞天地之間，眞願這正氣浩然之聲，保護國土的壯志能飄蕩起來：

中華男兒血，應當洒在邊疆上！
不怕雪花湧，不怕朔風狂，
我有熱血能抵擋！
礮衣褪下，刺刀擦亮，
衝鋒的號響！
衝！衝過山海關！雪我國恥在瀋陽！

中華男兒義勇本無雙！
為國流血國不亡！
抵抗！抵抗！
沙場凝碧血，盡放寶石光！
照耀在民族生路上，燦爛輝煌！

最後的勝利是我們的！

抗戰時期處處有抗戰歌聲，歌曲的創作極一時之盛，然而卅年光陰過去，雖仍不忘當時的「熱門」歌調，但作者是何許人也，已經全部模糊，好在我們選取老歌的宗旨，只在歌詞正確、主題光明，沒有惡意的淆惑思想，與汚衊的意味，那麼這首歌仍有它的價值，作者是誰並不重要，不知讀者以為然否？我介紹此歌，就在於它有同仇敵愾的情感，及鼓舞人心士氣的意義，您一定也相信「最後的勝利是我們的」吧？而事實上，對日抗戰，最後勝利確是我們的！

是誰？殺死了我們的父母兄弟，還有我們的妻子兒女！把我們的子孫，永遠作他們的奴隸！
是誰？奪去我們廣大土地？還有我們的礦產粮米？把我們的房屋，在砲火下變成灰？
他們是東洋強盜！他們是東洋強盜！是兇惡的日本帝國主義！
起來！全中國的同胞！
把抗日救亡的旗幟，高高舉起！高高舉起！

舉起！舉起！舉起！
這是偉大的戰爭！
這是光榮的戰爭！
最後的勝利是我們的！
最後的勝利是我們的！
最後的勝利是我們的！最後的勝利是我們的！最後的勝利是我們的！

阿儂曲

前面說過，抗戰歌曲迄今已時間較久，而所能記憶的歌曲之中，偶會想起詞與曲兩美的作品，不忍任它就此被「淹沒」，而且主題也不違背我們當前反共戡亂的國策，所以在找不出作者的根源之下，乃以這歌的可取之處——提高士氣的含義，將它「亮相」呈現，不知我的看法是否合轍？

這是一首抗戰時期很流行的民間小調兒，調子是地方性的熟調，歌詞可能是再塡寫的；詞句平易容易上口，而整支歌的情味活潑、天眞，極富鄉土色彩，沒有故意造作的矯揉，謹以此歌向所有的軍人妻子致敬！歌詞是：

蘋果顏色紅粉粉，好似阿儂兩頰暈，
東村的懦夫莫要相思，

阿儂不嫁無用的人！

你若是一心想阿儂，快上前線去殺敵人！（原詞爲日本）

殺罷敵人回家轉，

阿儂她是你的室中人。

漁婦吟

這首十分羅曼蒂克的「小品」，頗有戲曲的情調，輕俏動人得很。當初在重慶讀書時，一位會唱川劇的同學教給我的。據她說這首歌，是由中國傳奇故事演化而來；故事頗類桃花源記，說一位漁人誤入仙境，與一美女成婚後，忽然一天發現了返回人間之路，從此就不再回。扔下那位朝思暮念的「妻子」悔念交加，歌詞裏描述了她的無奈，眞個是：「此情無計可消除，才下眉頭又上心頭。」

這首歌曲調優美，佔據中副潔美版面不至太大，故將曲譜附出，敬請愛樂的朋友接受此一小禮物，並祈對中國文學詞曲有專研的學者，如果有此歌的資料，願您不吝指教。

在此要多謝外子，是他以南胡伴奏配音，才能譜下來的。

空中音樂

走筆至此，驀地腦中靈光一閃，突然想到了這支以快板取勝的「熱門音樂」，這是我唸初中時候學的輕快歌曲，它的風格逼肖今日流行的西洋熱門音樂；詞句重複運用，曲調亦然，這種風

C調4/4

漁婦吟

懷念的歌

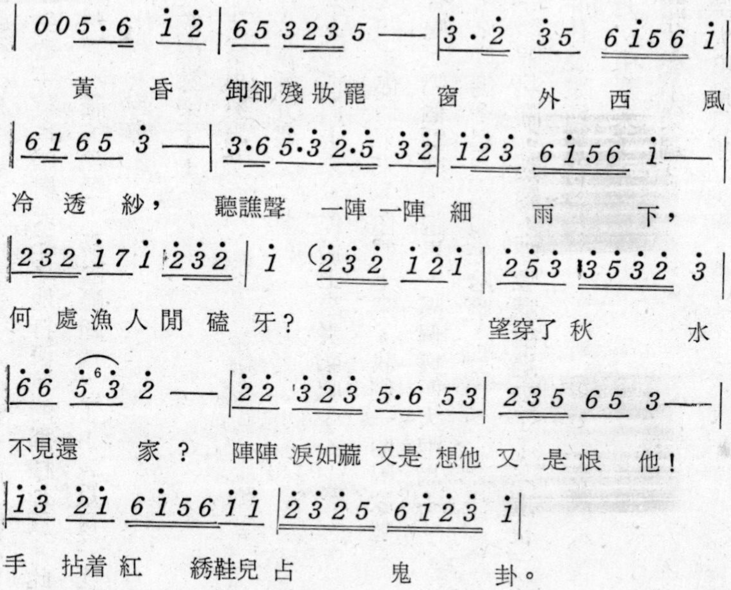

黃 昏 卸卻殘妝罷 窗 外 西 風
冷 透 紗， 聽譙聲 一陣 一陣 細 雨 下，
何 處 漁 人 閒 磕 牙？ 望穿了 秋 水
不見還 家？ 陣陣 淚如蔴 又是 想他 又 是 恨 他！
手 拈着 紅 綉鞋兒 占 鬼 卦。

格在從前並不多見，說不定曲譜還是「舶來」的，塡寫屬於中國的詞意。這首歌可以吉他來伴奏，會產生童年時代爬樹或在草地打滾兒的那種抒放。此歌最好二部合唱，唱答之間增添情趣。

①好熱鬧熱鬧、熱鬧！轟隆轟隆過去了！（重複一次）

請問什麼東西響？

這是空中奏樂了，

請問什麼小樂調？

叫作大雷響九霄。

（天上）你們上來，你們上來奏樂吧！

（人間）你們下來，你們下來，我們一同唱歌吧。

（合唱）唱個雲頭大跑馬，唱個雲頭大跑馬！

好嗎？好嗎？唱起雲頭笑哈哈！

②好熱鬧熱鬧，熱鬧！嘩啦嘩啦過去了！（重複一次）

請問什麼東西響？

這是空中奏樂了，

請問什麼小樂調？

叫做大風拂柳梢。

（天上）你們上來，你們上來奏樂吧！
（人間）你們下來，你們下來，我們一同唱歌吧！
（合唱）唱個柳樹配桃花，唱個柳樹配桃花，
好嗎？好嗎？唱起柳樹笑哈哈！
③好熱鬧熱鬧、熱鬧，淅瀝淅瀝快快敲！（重複一次）
請問什麼東西響？
這是空中奏樂了，
請問什麼小樂調？
叫做大雨打芭蕉。
（天上）你們上來，你們上來奏樂吧！
（人間）你們下來，你們下來，我們一同唱歌吧！
（合唱）唱個芭蕉映綠紗，唱個芭蕉映綠紗，
好嗎？好嗎？唱起芭蕉笑哈哈！

中央日報　六八年九月十五日

龍鳳呈祥氍毹樂

「當年保駕五臺山，智公長老對我言；他道我兩狼山遭大難，到如今果應那智公言……」悲涼雄渾的二簧倒板托兆碰碑，被這位票友老生唱得韻味十足，再配合着他的身段與帥氣十足的臺步，眞有大牌名角的氣派。

「李桂枝乃是奴名姓，爹爹李奇住在褒城。遭不幸親娘喪了命，繼母楊氏起毒心……」這一段屬於快板的戲詞「販馬記」，是他習青衣的妻子所唱。

他們小夫妻倆兒，在大學讀書時就有對國劇藝術的共同愛好。成家以後公私兩忙之餘，仍繼續研習，並相偕加入由百多位熱衷平劇國粹的青年人所組合的先鋒票社。每位社員均自掏腰包，合資聘請教師與琴師臨場指導，已先後公演過多齣好戲，同時亦不斷有「新血」加入，共同爲發揚國劇而努力。

小夫妻曾合演龍鳳呈祥，最近則勤練的是丈夫的托兆碰碑，以及妻子在販馬記中的李桂枝。

事實上他們二人絕非有閒之輩；丈夫從事貿易工作，時間幾乎不受自己指揮，而妻子的雜誌編輯工作與寫稿，也是絲毫閒散不得，可是他們卻有「對抗」繁忙的原則，從機械式的生存公式中振拔出來，爲調劑疲勞的身心尋找快樂的源泉，於是他們對置身氍毹上的情趣，當作休息與遊戲，如此的認眞工作再盡情的「遊戲」，等於在良性的生活循環裏，遵行不怠。

他們有個兩代同堂的好家庭，父母俱在，只是胞妹有「故」——她小時因一場感冒高燒而引致手足骨骼鈣化，雖經遍訪名醫求治，但皆束手無策。僵硬了手脚的妹妹因此臥床十有數載。如今已成長爲大女孩的妹妹，頭腦淸楚，眉淸目秀，家人對她又疼又憐，特爲她設計了一「座」胸架，可以閱讀書報，對做母親的來說，眞可謂劬勞有加，母親愛女心切自是任勞任怨，而身爲兄嫂的也一樣愛她至深，也擔負着衣食的照顧與精神上的支持。

每天下班到家，他們都盡力分擔母親的辛勞。其中最爲難得的乃是大嫂，她與妹妹（小姑）本無血緣之親，但卻無怨於種種煩困的細節，這樣的胸懷豈不可貴？她愛家庭，更愛丈夫的每一位親人，這除了是她天性仁慈之外，也因爲她接觸過平劇中太多的忠孝節義而使然吧？

他們小夫妻努力工作與儲蓄，已分期購得新屋一棟，他們愛家人也彼此相愛、和諧、關懷與鼓勵，沒有抱怨與爭執，雖然他們揹負了生活的沉重「十字架」，但是他們卻依然是沉醉在戲臺上的老生和青衣，對他們夫婦言之，寧可丟失了稀世珍寶，也不能丟失勇氣與愛好。

贈忘年之交項秋萍女士　六七年二月十四日

游藝之樂

午睡醒來，聽見老伴兒還在後院鋸竹子，眞佩服他還保有童年熱中玩泥巴的興緻。

我想到後院去招呼他，在路過廚房的時候，發現瓦斯爐上坐着大鍋，正不斷冒着熱氣。好奇的掀蓋瞧瞧，喲！上下翻滾湧動着的，是截成一段段的竹筒子，我立卽明白，這是他要自製胡琴的材料。

他正翹着腿緊踩住粗竹竿，努力的鋸着。

「嘿！那些不能吃的『竹筝』，煮它做啥？」

「去除醣份呀！這有關琴筒的音色效果，很重要。」

「眞不怕費事兒呢，小心別煮糊啦！」

看看時間相距料理晚餐還有一段空檔，我回到書房剪貼報紙，剪貼之間，忍不住再將好文重讀一番，心身浸入忘我之境，不知過了多久，忽然聽見他出奇的大聲呼喚：

「快！快拿藥水紗布來！」

突然有了緊急情況，我驚惶的取出藥箱，見他跛着進入屋子來，左脚後跟滴血不止，嚇得我忙不迭地去爲他敷傷，那條深長的傷口，令我不禁打個寒噤，忍不住埋怨他：

「就算是對藝術熱忱、有理想，也不必作流血的犧牲吧？」

「哈！小小的失誤，『馬失前蹄』而已，沒關係、別怕。」

「你的『馬蹄』需要保養，別再鋸了吧——」

「也好，竹筒該烹『透』了。」

他取出竹筒，放在水龍頭下不停的冲啊冲地，直到認爲滿意，更用繩子把它們一個個的拴掛起來，至於下一步的「戲法」怎樣變，我有做不完的瑣事，懶得去過問了。

半個月之後，他週末返家，進得門來就忙着往後闖，把那些空中「飛」筒取下來，然後一個個的四面八方的「推敲」，比選美女還要全神貫注，接着再用手指輕彈，聽得十分用心，結果把入選的納入塑膠套，一本正經的對我說：

「拜託，請把冰箱裏的食物擠一擠，留出一大層來給竹筒『住』。」

「住多久？難道你以後就吃竹筒、喝竹筒不成？」

「爲了實現一個理想，幫幫忙嘛！趕明兒我的標準胡琴做成功，你的耳朵也大可受用哪！哈！」

竹筒究竟受了幾個月的「凍刑」我記不太清，反正跟着水深火熱之後，又經過一次刨刑，然而竹筒卻因爲這種美容術，變得每一截都厚薄一致，光潔可鑑了。

後來一連幾個週末，他都騎機車外出，或去竹店或去附近山區，尋找合乎「節度」，粗細相當的琴桿材料，於是一捆捆的兩三尺長度的細竹子，豎立在家中的牆角，偶有空暇，他就對竹子「格」起物來，又是一番精挑細選，將選中的當寶貝一樣先行收藏，次一等的竟然挑選加工、做成兩支笛子，吱啊吱的吹得很有調兒，那些最後被淘汰的，全給我當做「扶持」小辣椒樹，或花枝之用。

下一步，他買回一批蟒蛇皮，也有蛇店剛剛剝下的鮮皮，我看那蛇皮腥氣森森地，頗有厭懼感，他卻不斷讚賞：

「妳來瞧，這種花紋好漂亮！眞是大自然造物的神來之筆呀！」

我心想，大概快要蒙胡琴筒了吧？可是未見動靜，只見他在製作的筆記簿上寫了不少東西，再過一個禮拜，回家時捧著一簍桃子，往桌上一擱道：

「拜託妳，儘量吃桃兒，多吃水果皮膚會細嫩。」

我一聽十分好笑，便問他：

「咱們結婚三十多年啦，從未見你關心和在乎我的皮膚如何，如今明知我牙口兒已不太行，還非讓我啃桃子不可，你究竟居心何在？」

「我已經拜託過同事們吃過一籮，你當然也應該共襄盛舉才對，是不？我是要吃賸下來的桃核，好做琴馬子呀！」

哈啲！原來如此，他還眞能利用人的弱點——好吃，可惜我已不是當年的「利」牙，我把桃肉用水果刀削成塊，氽在冰糖開水裏，自製成水果羹了。那些桃核給他當寶貝似的，又去曬過洗刷過，然後再用雕刻刀，慢工細神的一刀刀刻切成迷你的「小橋」，它們就是架在絲弦下的琴馬子。

別小看一把胡琴，它的本身具有一套專「術」和學理，我這位戲迷與琴迷的老伴兒，在一系列的步驟和準備之後，又製成一個專爲綳緊蛇皮用的小器械，看他那種耐心研製和樂在其中的神情，我便忍住抱怨他也製造了髒亂，家裏到處是竹筒、竹屑、鐵絲與線頭。俗語說慢工出細活兒，他於公務之暇，點滴的研製胡琴，要求琴的性能優良，合乎他的理想，只爲了愛好和「享有」此一國粹的美處，全無功利的企求，因而在毫無「壓力」的意圖下，終於第九個年頭完成了。

試音那天，他興奮不已，輪流地拉那幾把琴，把西皮二簧梆子腔全都奏遍，仍感不够過癮，再將每一把的琴音用錄音記下，一遍遍的再行辨識、研判那一把稍嫌尖銳，或那一把有點兒「破」音，他還要再慢慢加以糾正。我心想，這玩意眞不知做到那一天才算完全無缺點？

琴成之後，他像愛憐新生兒那樣，親暱的把玩，不時的沈思，說不出的躊躇滿志，我自然也跟着高興，更感染創作後的那份喜悅，可惜我不會拉胡琴，未能來個雙聲合奏、共享斯樂，正感到遺憾，不料他居然重視我對平劇的淺薄修養，他很誠意地邀請：

「來段四平調吧！配合一下琴韻好不？」

「行，我來沾沾新琴的光，不過我要唱女中音，你可會拉？」

「平劇裏那聽過還分女中音女低音？妳儘量唱就是，我的琴會『跟妳走』，哈！」

我們雙雙都過足戲癮之後，以爲他辛苦爲琴做了九年，眞該休息一下，然而他宣佈再做一把南胡才告一段落。經過一番折騰，南胡完成，我奇怪他將三分之一截的竹筷子，做爲琴馬兒，覺得不合「常理」，沒想到這把「笨」琴卻是專爲送我做的，他遞給我說：

「喏！這把南胡碼兒粗，發聲就小，不會吵別人，正合妳做爲練習用，也讓妳那一支正僵痛的手指活動活動，有利無害，音樂演奏不好沒啥要緊，主要得有恆，每天拉個半小時左右，成嗎？」

我有些激動，他的「琴心」眞可媲美鍾子期，而我卻乏呂伯牙的才藝，但我還是滿心快慰的接受了，到目前爲止，我仍然停留在五一弦的運用上，琴藝進步雖然緩慢，但頗自得其樂，閒來奏一曲「燕雙飛」、「一根紫竹」，或者是「桃李爭春」、「梅花三弄」，爲心靈帶來脫塵的清新怡悅，也領悟到超乎物質的追逐，才眞是尋求快樂的根源呢。

我五年前，剛一退休回來，只不過在家事、庭園整理之外，閱讀書報與剪貼報紙，反而覺得家事之餘仍有學習新事物的時間，我便選擇研做人造花類的緞帶花，也爲充實生活增進另一項情趣。所幸他也是花迷，見我做假花甚表興趣，爲我畫圖設計花型，還不時買回花器，以及植物花卉方面的書籍供我參考。一年下來我的書櫥不但爆滿，而且陋室之中無處不飛假花，簇擁在姹紫嫣紅叢中，眼前的假花分明是假，但卻無異色麗芬芳的羣華，深深感受其繽紛燦爛的美，而一股創作的昂揚情懷，已把自己抛入飄飄然的境界，我始領悟他製作胡琴前後的心境定也如此吧？

有人說：「道高數丈，不如童心一點；」孟子也告訴過人們：「大人者不失其赤子之心。」我的體驗距此不遠，尤其感悟接觸藝術是保持赤子心的最佳妙方，而好之者不如樂之者，更是心頭上最美的享受，當我「玩」花樂此不疲時，腦中純淨無憂，甚至還廢寢忘食呢，當然，有時不免也爲家裏製造些許紊亂，他就調侃過我：

「我瞧，妳這玩心不亞於小時候辦家家酒，樂則樂矣，害得我和『小妹』跟着受不少罪哩！」

哈，說的是；我有本事把幾間小屋、全「酒」上剪碎棄用的緞帶屑，外加細鐵絲和紙屑，那五顏六色的碎緞帶、常常沾在白色小犬「小妹」的身上，或沾掛在尾部「花枝招展」，不幸還有幾次他在被窩裏腳被鐵絲扎得直叫。這些小事往往給我們會心的歡笑，趣味盎然。

一年前，又有件樂事，實現我此生久已嚮往的心願，學習國畫；我的年齡已允許我在靜心慎獨的情境中，去接觸繪習國畫的藝事。一切從頭開始必備的畫具也逐一添置，一時之間家裏又呈現另一類「景觀」；大小粗細的毛筆列隊排在筆架上，棉紙與宣紙一捲捲堆在櫃子裏；大書桌上擺着顏料、筆洗、鎭尺和硯台，每天桌面上都無法「堅壁淸野」，不是未完成的畫稿，就是練習書法的廢紙，而且最嚴重的，每當週末我們就要爭桌戰。

他在北平讀中學時代，已學過國畫，能繪出相當可觀的蘭草，如今兩個人全在興緻勃勃當中，我姑念他「七夕」才與我一會，我還有好多天可以「霸用」，於是樂得讓他。

但令我吃驚了！別瞧他說話做事像個慢郞中，捉起筆來一派大將揮毫的氣概，嘀！劈里啪啦大抹了幾筆，一株老梅出來啦！再換隻大筆，「運籌帷幄」之中一付對聯寫好了，不由得佩服他的創造力，想想我畫那工筆畫，要一週左右才勉強完成一幅，因此後來我也拜師學習沒骨和寫意，然而總不如他能够「要」得開筆，因此他很得意，要我拜他爲師，不過我不甘心，也挑出他畫裏的毛病，但是最後調協決定，在同學同樂之中，互相交換心得，彼此勉勵，將來如能畫出「氣候」來，作爲贈送親友晚輩的高尙禮品，該是何等雅事？

跟著繪畫之後，還有件必要的大事——印章，無論是閒章或名章，必不可缺。一幅畫上如有印章的襯托，就會美上加美，好比美女不能缺少娥眉一樣，我有兩枚名章卻不適合畫用，正在納悶，他神秘兮兮地笑道：

「這有何難？我跑趟臺北買石頭去。」

「啊？你會刻印章？」

「中學時代學過的，相信不會忘記。」

「你的保密功夫眞行！我跟你生活了卅多年，從來沒聽你提過？」

「用不到的時候，『吹』出來何用？」

及至形狀不一的鷄血石買回來，他又像精選美女那樣，一塊塊四面端詳，待到它們各有「規格」派定用場後，他就到水龍頭下去水磨石塊，而後又買回一座雕刻用的小木牀子，我以爲大概諸事齊備，快開工了，可是他說還欠「東風」。

不久「東風」吹過來，他抱著中國書法大字典、金石字鑑，以及雕刻藝術，種種參考書只能給他參考，眞正決定字形、排列美妙的主宰，還在他的慧心之處。首先要爲我刻幾枚大小的名章，他問我：

「妳喜歡陰紋、陽紋的？」

「都喜歡，不過先要看看你的『示範』作品，如果太醜我還拒收哪！」

說實在的，自我惹起家庭繪畫的熱潮，他的雕刻技術隨之有顯著的進步，而我也「富豪」的擁有廿幾枚印章了。有一天我買回相當可愛的迷你木櫃，擺在案頭十分生色，我把石章分擱在小抽斗中，他不禁滿意地說：

「你呀！眞是有福之人，還沒成爲大畫家之前，就擁有一個專屬於你的金石家了，並且是死心塌地的陪你玩兒，而最『權威』之處，乃是隨要隨有，唉！福氣喲！」

說的是咧！最近我畫過一批賀卡，預備贈寄親友、學生，可是缺少一枚迷你的小印章，於是他在一小時內「交貨」，不過，我也不忍他戴着老花鏡，鍥而不捨，曾問他：

「累嗎？眞不好意思勞動你太多。」

「豈敢、豈敢！承你惠予『訂貨』，我也樂在其中，好比周瑜打黃蓋，一個願『打』一個願『挨』，哈！哈！」

「所以呀，我一向就重視惜福啦，否則我才不甘願跟你做孟光呢？哈！」

我們倆兒都喜歡攝影，他從高中時代就已奠立了「段數」，我則是近幾年才學習，然而常上鏡頭的是我，我的攝影對象則多屬於花卉、猫、狗。只有幾次例外，那是他特請我爲他拍連續動作的打拳招式，因爲日常生活瑣務頗繁，竟連拍兩個暑假，才算殺青這「部」專集。

當他把照片按次序貼進專册時，每一幀都有「旁白」，他邊寫邊樂，認爲此乃體育之美，不可失傳；倘能一旦發掘個衣缽傳人，他就傳薪有「後」了。我想到過去爲他攝影的時候，憑白受了不少窩囊氣，不由得在口頭上找個報復的機會：

「你現在樂了是嗎？記得拍照時你指責我笨拙嗎？若非我也有爲藝術犧牲的『壯志』，早就不受你糗了，就算你眞有唐山大兄之武，又其奈我不服何？」

「哈！感謝你的寬大助我完成，你不了解；那幾個難擺又難支持的招式，作太久眞是欲振乏力，恨不得放鬆坐在地上，偏偏你的相機總是對不準距離，擺弄半天，在我快要「垮」的一刹那你才拍進，你說我能不着急怨你嗎？」

「哈！倒是不假，每見你『累』得呲牙裂嘴，一邊還沒好樣催促我快拍的德性，我眞是好氣又好笑呢，但是有件事你也該明白；我必須把你的身影，尤其是招式的突出之處用心拍進去，所以才上下左右的去顧全，否則一張『畫面』冲洗後，左邊缺個脚右邊少隻膀臂，不但枉費了作業和膠片，還會更被你損我，是不？」

大約在廿年前，仍在黑白片的時代，我們自製簡陋的器物、自己冲洗照片、放大，玩得不亦樂乎。我們的照片簿子大小皆全，成爲過往生活歷史的記錄，其中包含着我們因應社會的進步，文化及工業的日漸發展而有各個年代的不同呈現。而其中循序漸「進」的生活「素質」，尤可紀念。

直到目前，我們的攝影視覺，已普遍的進入彩色時代，能「玩」相機的人已不是稀罕的事情。但我們偶而仍然喜用黑白片，因爲某些「題材」必須黑白，才能顯出「調子」之美。爲了追求更豐富的攝影知識，常常連袂去參觀攝影展覽，喜愛攝影的興趣，不亞於喜愛參觀書畫展覽，我們共同來領略生活情趣，期在未來的人生道上，永遠瀹通心靈的海洋，暢流不息。也許在體力與精力上，眞的不如當年「勇」了，但是在心理上卻不曾感歎逝去的春天，而要爲秋菊的不屈風霜而歌頌，只要心理健康，繼續向宇宙自然學習，並將生活求藝的經驗改進存菁，甚至能爲年輕的朋友提供些許正確的心得，以利於忙碌工作後的「復健」效用，豈不是也爲社教方面盡了一份心意嗎？

我們正向着老境走去，這是誰都無法超越的事實，老，並不可怕，老得痲木、冷漠、無所事事才可怕！老有老的「哲學」意義；成熟、明辨，融合了同情與關懷的心，愛人生、愛眞理、愛大自然、愛一切可愛的人，可愛的東西可愛的花，以及毫不容推卸的人生責任，當國家社會需要我們貢獻心力的時候，我們仍然跑得很有彈性去「應徵」，只因距離七十歲的老年階段，還有一段「年輕」的路程啊！

最近，他提議：

「清華大學梅園的花，該已綻放了？咱們寫生、拍照去吧！」

「週末回家不想休息？」我爲他的辛勞顧慮。

「就是爲了下週的工作加足振作力，所以才要『遊戲』呀！」

「我看你該先去買雙皮鞋，瞧瞧，『足下』的寒傖相？」

「那會？旣未露出『蒜瓣兒』、也沒『脚踏實地』，穿得好好的呀！咱們的『富貴』在精神上，外表不過幌給別人看，嫌我鞋破的人別理我就是啦，哈！」

「至少我能容忍，也『欣賞』，記得決心和你共度人生的時候嗎？正逢抗戰勝利，你是一肩書籍、兩袖淸風的研究生，若非我『慧眼』識傻蛋，不嫌你的『寒傖』，怎敢託付終身？」

「哈！承蒙不棄，我認爲你是看中我會『玩兒』的金頭腦吧？咱們『玩』的高尙娛樂，絕非逸樂敗德的行爲，何況我們在繁榮安和的環境裏，生活日益進步，只要在自由的範圍內隨心『遊戲』，絕不會出漏子，對不？走吧，咱們賞梅去！」

冬季午後的天氣，風寒逐漸襲來，一路行經清大校園，只見虎虎有生氣的小伙子們，正在幾處大運動場中賽球，有的飛馳單車而過。我們相對一笑，感染了青年人的朝氣，加緊脚步到達梅園，清雅靜美脫塵的「背景」中，襯托出白梅怒放的燦爛，我們賞花、攝影、徜徉在梅林裏，大享樂趣，他十分得意說：

「是吧？此刻不來，再晚就花去枝空徒感悵了。」

從梅亭出來，一路斜坡的寬道兩旁，盡是鐵骨迎風的梅樹，各具美妙的「枝」姿，我只顧貪婪的注視梅樹，不經意間脚下一滑，如放箭矢一般，颼地一下便摔個五體投地！

脚踝、膝蓋、大腿，一起疼痛起來，使我欲爬無力，掙扎間，忽然想起廿年前上阿里山賞櫻花，曾在神木附近也這樣伏地「拜倒」過，摔痛的部位完全一樣，心想：爲了愛花我是多麼虔誠？花如有知，應以有我這知己而感安慰吧？想想竟然忍痛笑了。他扶我起來，試着走動一下，歪歪瘸瘸地，像個醜老鴨，只得暫坐草地上，檢查傷勢。

膝蓋下的破皮流血，脚背擦傷，襪子破個大洞，總算掛彩不重，些許小傷不足掛懷，回想去年我兩度從香椿樹上飛身摔下，及至跌坐地上，才意識到自己是怎麼下來的，不禁好笑，當他週末回家，見我不太靈活的脚腕，才問出我的「體育表演」，不禁面有慍色：

「我拜託你以後小心些！眼看要做六十大壽的人了，還這麼淘氣法，你若摔得斷了胳膊腿兒的，叫我怎麼得了？你又多受罪？你有滿園的花樹、青蔬供你去照料、活動，還要爬甚麼樹嘛！」

「哈！我這也叫樂在其中，就跟你鋸破了脚後跟兒的情形一樣，好之者不如樂之者，不過為了你，我以後會特別留心，好吧？」

他聽後放心多了。不料這次雙雙遊園賞梅，我竟又表演一次「老太太鑽被窩兒」，我眞是尷尬不安，倒是他不曾因此責怪，扶我一段路，直到我恢復正常的步履，他調侃的說：

「很可惜，膠捲拍梅花專題用光了，剛才眞應搶個鏡頭，把你那個『鳳舞銀冰』的特技美姿留下來，可眞是說時遲、那時快的閃電舞姿啊！」

大華晚報六九年一月十二日

生活篇

秋夜遊

仲秋時節，入夜月色清如水，天宇淨無塵，大自然之神，已用一枝神奇的筆，將五彩繽紛的紅塵世界，巧粧改扮成樸素雅逸的「淡墨畫」。

微風陣陣吹拂，夾雜着金桂花的幽香，好天良夜，酣美誘人，靜極思動的心扉大開，怎麼也守不住坐不穩那個書案！

我和他，牽起兩隻小犬，我們一行四「人」夜遊去。

寧謐的新村大路，行人稀少，一路上漫步迎風，意態悠閒，又聽得草樹間有蟋蟀播送的演奏會，多麼熟悉而又親切的聲音！兒時挖牆角找蛐蛐兒的光景，似又重現眼前。

走過右邊婆娑的大樹林，來到白日裏充塞喧笑的、幼稚班的兒童樂園。茫茫月光下，那些大滑梯、轉動地球、鞦韆架……都變作童話故事書裏的「揷圖」，一切靜悄悄地不動「聲色」。

像一對童心復活的孩子，興緻勃勃的，一人懷抱着一隻狗，跳上盪盪船，悠悠然搖啊搖！輕快得像是化成了羽毛。

樂園外，那隻寂寞孤單的猴先生，黑影在「囹圄」中晃動，如同一名囚犯，毫無目標的直圍着籠邊打轉轉，牠是否也在低頭思「故鄉」？想起了唐人一首「放猿詩」不覺感動起來：「放爾千山萬里身，野泉晴樹好爲鄰；啼時莫近瀟湘岸，明月孤舟有旅人。」

帶來的水菓，使牠塞鼓了兩個腮幫，原欲在猴宅外多留連一刻，怎奈身邊的淘氣狗，偏偏對着「非我族類」吠叫不止，只好向牠道一聲別了。

行不遠，踏上那條友鄰相通的寬濶大道——清華大學的校園區。溶溶月光下的清華校園，予人一種意外「發現」的欣喜，別有一番雋澹的風貌。

陽光下來來往往，路過校園何止千百遍，也曾飽賞過蒼翠滿目的綠色「天地」；排列成蔭的松林，修剪齊一的草坪，絨毯似的球場……全都綠得鮮嫩，綠得耀眼。然而，景象出現在月夜，卻更爲柔婉端麗得多！

夜風輕拂樹梢，忽明忽暗的光影間，那傍湖依林建立的校舍及大樓，都幻作捉摸不定的海市蜃樓，憑添了幾分神秘感。一望廣袤的校園，偶爾有人影移動，靜極了，白晝間活躍的年輕身影已不見，想必大家正用功夜讀。回想那天中午經過此地堤岸的一幕，又從心底笑出來。

是個大個子青年，必是讀書太倦了，站立在一株大松樹下，認眞的高唱着「聖塔路西亞」。他的歌聲好宏亮，而那一本正經的神氣，如入無人之境，我忍不住要笑，只得把陽傘打低遮住臉，可是，那青年人所「放射」的無憂的情懷，卻着實的感染了我。

解除了小狗的頸鍊，獲得自由後，母女倆不停的歡騰蹦蹤，口兒裏還咿咿唔唔的說些高興的「話」，似乎對這樣難得的夜遊表示讚許，牠們狂奔一陣又跑回來，似在「邀」請我們參加遊戲，好難得的遊樂啊！何不開放赤子嬉遊的心情？

於是我們十二條腿，一齊開步跑，畢竟四足的小東西領了先；乘牠們不防備，一個急廻身，我們朝來路飛奔，正得意牠們上當，誰知狗隨聲到，又遙遙的越過去，哈！人輸啦！我們高興得滾倒路邊草坪上，也分不出人和狗狗或人，你摟我，我揉你，親蜜的玩成一團；本來是，天地創造的本意，萬物都是一家人，人與狗、物與我，在這樣可愛溫馨的夜裏，怎能夠區分他（牠）們的「階級」呢？

最後去到右路邊，與新村交通的「樞紐」地帶。由這兒斜迤往上去，就是環湖的堤岸了。登臨坡堤處，不由人又要稱讚：雖然它不比石門水庫，或烏來賞月那般壯邁，然而也有可堪入畫的湖光山影。我們新村的老居民，都慣稱這介乎與清華園之間的碧湖爲「成功湖」。

湖的堤坡四面皆爲小草所密佈，環湖挺立的高大松樹與油加利，間隔有緻蕭疏可賞。樹下有木椅石桌，可供人休憩與閱讀，但此刻湖上不聞弦歌聲，湖中亦消失了欸乃聲，如此美景良夜，儘爲我們「遊客」所享有，福氣多麼大！

湖水的波紋粼粼，月光瀉在湖面上，飄升起輕紗似的迷濛露氣；注滿了湖濱的沉靜，月光如水水如天，環顧周遭皆在軒豁澄澈中，置身蘊藉空靈的「畫圖」裏，已失去抗拒「魅惑」的力量，我們半臥在茸茸的茵褥上，舒適而快意，眞好比「登於衽席之上」，安樂之至！一時之間，古人許多咏月詩裏的境界，也於此情此景中，憬然有所領會。因而一些與月亮深結「不了情」的眞實故事，自然更容易勾起回憶；往事雖似夢，但那些夢，卻永遠縈繫我身邊。

是一個月夜，別離的前夕在重慶。我與他傾談到中宵，面前一本日記簿，由我們輪流執筆抒發着心聲，不知「說」了多少祝福與思念的話，最後紙頁已不多，我寫上那個歌詞：「……聽了聽，鼓打三更交半夜，月照紗窗，影兒西斜。恨不能雙手托住天邊月！怨老天，爲何閏月不閏夜？怨老天！……。」

然後，像所有「罹患」過愛情憂悒症的人一般，我盼望，盼望他來自迪化的郵件，猶之乎撫慰我「空虛」心田的油膏。記不清有多少個月夜，徘徊在校門外的小溪邊，我遐想，我思念，不時的仰視着「冰輪」而抱怨：

「無情月，掛在奈何天！你照人離別，自己卻團圓。」

然則明月眞無情？當一扎來自「西域」的書信，足可集成一部言情的「西遊記」時，他便「借得明駝」千里還；「曉隨殘月行，夕與新月宿，誰謂月無情？千里遠相送」。他經由蘭州返蓉城，那一個暑假我們又相逢！

在好花前，在明月下，又有傾吐不完的積愫，我舉首凝視那「無情月」，卻變成溫柔多情的

「見證者」。又不久，當另一個良夜皎月照臨時，我倆已換下當新人的大禮服；死心塌地的，偎依着、漫步在蜜月期間別墅的花園中；花正好、月正圓，新郎的情意濃，打着「囈語」說：

「為了我們，『好花常令朝朝艷，明月何妨夜夜圓？』」

「這不難！只須你有心，在我們的心上建造一座永恒的玉宇瓊樓，那怕明月不夜夜圓？」

……………

月到中天，星影已稀，我們臥看天際月華，渾忘此身在何處？塵世的煩憂皆已遠去；胸內的鄙吝消除，只感到安然和無慮，消受煙水縹緲的情趣，幾疑飛昇到了仙鄉。清風明月固不值一文錢，但卻能「灌溉」性靈成「沃壤」，人逢佳境若斯，福份該有多深？

「假使你是一位『阿姆斯壯』，一腳踏上寧靜海，你將要在『越空』電話中，向我說些甚麼話？」

「首先嘛，要吟咏李白的一首詩：『人攀明月不可得，月行卻與人相隨；今人不見古時月，今月曾經照古人。』然後我要再……。」

「我有點懂，是觀念的問題吧，比如有位新詩作家說：『……人們踩着幻想的虹橋，通過一世紀、又一世紀……如今，一聲震耳的響雷，爆出了開天闢地的消息，在這廿世紀七十年代裏，歷史的脚步跨出了地球……那有美麗的宮闕？夢魂繚繞的嫦娥？……它使天上列星的距離縮短，它使人們的胸襟放大到無限！』」

「所以嘛，我想不揣冒昧的，試着改變詩句爲：『人登明月如攀柯，月行卻與人相隨；今人得見古時月，今月亦曾照古人。』如何？」

「妙！姑且不談登月成功後，對於人類胸襟方面與教育方面的新意義。我以爲那古老瑰麗的神話，仍有其美化心靈的作用；文學的想像與意境，本不與科學實驗有衝突，何不保留這美好的想像？」

「如此說來，妳對月下老人的敬愛，也是不變的囉？」

我微笑的頷首。

「我心裏倒有個願望，眞想拜見一下月下老人的慈顏。」

「怎的？向他老人家抱怨，怨他紅線牽錯了？」

「豈能？我是請敎他，假使眞有所謂下輩子，問他是否還願意再爲我們倆人拴一次紅線？」

「嘀！想不到你的嘴巴可甜着呢？」

哈……………

狗兒們可不耐賞月太久，站起來騷動，看看時間已不早，明天如果不必上班，何妨整夜與湖月爲伴？

歸途中，清風來相送，我快活得想大叫，結果卻只是輕聲細氣唱起來：

「他不愁高山流水知音少……」

他接道：

「我不再愁對月臨風形影單……。」

然後是合唱：

「我爲他齊眉舉起梁鴻案，他爲我巧畫雙娥張敞彎……。」

中華日報

小妹

兩年前小妹出生，使我們闔家歡欣，因爲她是我們計劃家庭下的「產品」，完全符合理想。

那天夜半，我爲小妹接生，捧在手上只有半隻香蕉大，她緊閉雙眸、咕嘟着紅嫩嫩的大嘴，全身短而白硬的毛髮，摸上去好比棕刷子。家人一見不覺擔憂：倘若她的體型和毛髮將來都不像她老爸——白色鬈毛的獅子狗，豈不枉費我們爲母犬「擇壻」的一番苦心？

母犬黛蜜，因遵守「計劃」家庭原則節育了兩年，一旦獲此「明珠」，自然喜出望外，摟住女兒又舔又偎，說不盡的疼愛。一晃十幾天的時間過去，小妹睜開了黑油油的圓眼，又一晃到了滿月，她便不安於「窩」了，擺動着胖多多的小身軀，從搖籃的「洞口」往外探視，接着慢慢的走出「洞」外，一步步擴大她的活動「天地」。

家裏的人全是狗迷，老想抱她逗弄着玩，可是小妹的態度矜持、冷若冰霜，不假人以顏色，於是我們又疑慮起來：這「女孩兒」如果一直像個褒姒似的，該多沒趣？

其實，我們不必杞人憂天，豈不聞女大十八變？小妹畢竟秉受了天地的靈氣，一天天出落得漂亮可愛；烏圓的雙眸，黑亮的鼻頭，配上兩耳垂頰的長髮，襯托出那張小臉兒又甜又「迷你」。她的褒姒面孔已消失無痕，變得溫柔活潑，喜歡跟隨我們打交道，相依偎。

日子飛快，不久小妹滿週歲，最令我們驚喜的是，她全身的「棕刷毛」已換成柔軟微鬈的長毛，尤其前身兩隻肥胖多毛的腿，走起路來就像穿有流蘇的大馬褲，健美瀟洒，我們慶幸她能有如此體型，鄰居們見了都透着驚奇！咦？這小妹怎麼跟她媽媽不一樣？

事實上，她們「母女」的差異何止於外型上？如今小妹已過兩歲，黛蜜的芳齡有十，以小妹兩年來「性格」表現的總合，她母親不及她一半「突出」；她淘氣好玩的手法，眞是別出心裁，雖然不免使人着惱，但終因那股天眞無邪和矯健活潑的可愛，轉將對她的叱責化爲諧趣和歡笑，不知她具有何種魅力？竟在精神上「征服」了我們，甚至，還變成生活的中樞。

有客光臨，必先通過小妹這一「關」，她呼呼呀呀權作電鈴，客人被迎進屋，我們禮貌地請他入座，但不知何時小妹已高踞在上，把她抱走，旋踵又至，像海關上的檢查人員一樣，不停的把來客嗅了又嗅，瞧了又瞧。爲恐別人厭煩，只得把她摟在懷裏，那怕火熱的三伏天，也只得忍耐的抱牢牠。

小妹健康好動，正如一個頑童，一歲之內她喜好跳床，抓抓啃啃，將所有被褥床單、毛巾被及薄毛毯，統統都弄成「三潭印月」、千瘡百孔，她自己還躺在挖出來的棉絮上滾「雪」玩。爲了她這怪作風，我們只好將臥室門「封」鎖，誰想她轉移「陣地」，又將客廳裏的沙發及坐墊抓咬成「傷」，直弄得「落花流水」；破草與敗絮齊飛，七彩的泡沫膠碎屑，像天女散花舖撒滿地，啊喲！這個小淘氣不得了！我們開個家庭會議來對付她吧！

爲要「輸導」她的充沛精力，使能步入正軌，買回半打小皮球試試她的興趣，哇！想不到她居然是個球迷！

小妹愛球如命，醒着時叨球啃球，睡覺時把球摟在懷裏或貼在腮邊。兩年以來，她的球藝大進；不管把球扔多遠，她會像小野馬似的飛馳叨回，不論球丟多高，十有九回她開口接中。她最高興的一件事，便是在客人面前，表演這個絕招，別人呵呵逗笑時，她就更加「人來瘋」似的玩得起勁。有時候她把破球播弄在嘴邊玩，常被破縫夾住鼻頭，她頂着那個小丑似的圓鼻子球，模樣着實好看又好笑。她愛球，所以大量給她買來皮球、海綿球，還有棒球，於是我家的庭院中，客室裏，以及書房廚房內，莫不是她的球類；爲了給她洗刷球、保養球，陪她玩球，好了，我們家的體育風氣，竟因而勃興起來，不但她母親也表現了一手「寶刀未老」的叨球技，就連我們大人，也像作「課間操」一般，不得不在她的「邀請」下，到草坪上去活動活動，小東西居然如此牽引人，豈非妙事？

當她四個月時，家中的老黑犬——樂樂去世，我們哀痛不已，在他的墓地上種植一棵荔枝樹後，又焚化一些往生冥鈔，供上一碟樂樂愛吃的餅干，然後我回屋去點燃幾根香枝，那知一會兒工夫，碟子全光，原來小妹已「照單全收」，她的稚氣坦率自然，我們哭笑不得，只好隨她去。

小妹的胃納之佳，足令我們驚服；有幾次朋友來訪，告辭時，我們恭送門外，及而返室，那几上一碟糖果已不翼而飛，根據經驗知是小妹搞鬼，可是她藏到那裏去了？找得我們團團轉，最後在床下她的睡墊上發現了，有的紙皮已被剝落，有的已經咬成兩半，其他的亂撒一氣，唉！小東西！吃這麼多會拉肚子呀！我把那些爛糖給丟掉，她跟在後邊十分不捨得。

小妹最喜歡吃「小玉」種的西瓜，每逢家人食瓜，或招待來客，如不先切好一塊給她吃，我們甭想吃個安靜；她一味圍着桌子嗅，碰碰這個人的腿，抓抓那個人的手，一副老饕的饞相。吃西瓜很「節省」，直啃得綠皮剩下一張「紙」，然後再磨人要第二塊。

也許因爲她愛球，所以「愛屋及烏」，對於圓形的東西有好感，後院裏有矮種芭樂樹，菓實成熟時枝條彎垂，接近地面，小妹常於無意間「摘」一個玩玩，玩滾一陣「球」破汁淌，她舔上一下，咦？挺好吃，索性按住它嚐個痛快。葡萄上市時，家中常在几上擺一盤紫葡萄，看着也美觀，小妹一見是「球」，便用爪子撈幾枚玩玩，於是爛芭樂、葡萄粒，都被她「搬運」到沙發上去，我們最初沒防她這一着，竟笨拙地坐在上面，直擠得菓碎衣髒，從此，我們提高了警覺，有客來訪必先「清查」坐位，如此這般家裏便無法增置像樣的傢俱，倒落得清簡樸實，甚至我們連想想漂亮傢俱的「妄念」都沒有，這不能不歸功小妹之賜啊！

那回，小妹注射痲疹預防針，發生反應的兩三天之中，她躺在沙發上全身無力，細瞇着眼睛輕聲的呻吟，像煞患病的嬰兒，她一反平時的活躍、好吃，不想走動，只喝一點牛奶，並且要人守在「床」畔，家裏人都笑她眞會裝模作樣，我拍拍她說：小妹，妳如果是人，我才沒辦法對付妳，怎麼這樣鬼精靈？爲了她的「病」，我將應行的工作減少，以便陪伴她，誰忍心家裏有「人」臥床不適，而不去理會？

她一身的白「髮」最不耐髒，但爲保護她的皮膚起見，又不敢經常給她洗澡，每天只兩次用刷子梳通。她對這個「制度」眞是萬分贊同，只要瞥見我手持毛刷，她便自動伏下，等待享受陶陶然的「撫慰」。她也有最不歡迎的一件事，飯後洗擦長毛嘴巴，躲躲閃閃不願就範，不過只要我說「摸摸肚子看看吃飽沒？」她就乖乖地走過來「上當」，哈！我對她說：你給我增加多少麻煩，反倒要我來求你，不請你上當能算公平嗎？

有些不太接近小動物的朋友，認爲我家過份寵狗，何必爲牠們費太多的心？

這因爲他們不曾領受過牠們的摯愛與溫馨；有許多起初不愛狗的人，一旦接近牠們，共同生活一段時期，便深深的被「迷」住，實在這些小生靈太純眞可親了！就算是一個孩子吧，不也有頑皮搗亂的階段？我家小妹誠然是淘氣， 然而自從成長到如今，已逐漸表現出她潛在的「淑」行，她已成熟懂事得多；她守護門戶、摯愛家庭，她與母親同爲我們家庭「組合」的一員，我們生活在一起緊密關切，共享「天倫」至愛，沒有她，我們生活中的樂「素」卽會減低，何況她現在已變的如此「通達」。

小妹從不擇食，白菜豆芽、麵條饅頭，也都津津上口，不像她媽媽擇肥而噬。家中四處都放有書報，縱使最低的地方，也從不撕咬亂搞，她不蠻有書香氣的嗎？庭院前後，我們廣蒔花草，她每天與母親嬉戲其間，從未故意破壞一花一木，可見她還挺有雅趣，中午這裏的居民，大多歇晌，小妹便依人午睡，從不要求外出胡鬧，這也算是公德心吧？在漆黑的夜裏，我有時必要到後院取物，只消招呼一聲「小妹來陪我。」那怕牠正熟睡也馬上聞聲拔腿相隨，一如護衛，如此忠心耿耿，溫柔體貼，還要苛求她什麼？

「禮」多人不怪，更是小妹的處世「哲學」，她與生俱來，會豎立身軀，以「雙手」頻頻作揖。自從發現她的揖「禮」，我們乃因勢利導，敎她以作揖表示「謝謝」，「對不起」，居然她能聽懂，也照拜不誤。不過聰明的她，竟也把作揖當成了「萬能拜」；她要吃東西、要人開門、要上床……無不以拜拜來達到目的。

自從堂上雙親相繼棄養，家中突然變得冷清，若非小妹母女播散蓬勃朝氣，眞不知何以排遣自慰？但是我們卻無法不使她們受委屈；當每日清晨上班離家時，我怕看小妹依戀無奈的眼光，然而她們母女頗知接受「事實」，只好耐心的被關在室內靜臥，直待我們返家，小妹的迷你臉兒出現在玻璃窗上，她們才又歡呼跳躍。我們常被這股暖流所滋潤，她們儘最大的愛心「照拂」我們，家裏有她們在，永遠充溢着溶心的樂趣，可以忘憂，可以清心，不涉想世上任何的虛榮與苦惱。

遇到週末及假日，我們珍惜一家四「口」的團聚時光，儘量陪伴小妹她們，在院內草坪上玩玩球、晒晒太陽。我們從事園藝操作時，她倆便於園中徜徉嬉樂，黛蜜常愛領着女兒玩「柔道」，她們滾在草坪上互擁互抓，嘻嘻呵呵的玩得非常開心。她們不邁出大門，所以不懂得跟誰打架鬬毆，偶而有鄰人的淘氣貓到我院來遊蕩，她們追過去瞧瞧，往往被貓爪抓傷，「啊！可憐喲，我來給你擦點藥吧！」我越加安慰，小妹的委曲越大，鼻子裏哼哼唧唧地撒起嬌來了，哈！

小妹跟母親相依相愛，常常倚偎在一起、你舐我的耳朵我舐你的眼角，骨肉至情流露自然，每見此景此情，我便感動不已，一首護生畫集中的詩畫，便立刻浮映腦海：「白狗倉皇歸，頭頂已負傷，喘息竄下伏，血流兩耳旁。口中雖有藥，欲用苦無方，黑狗從外入，見狀大驚慌。上前施救護，用舌舐其創，白狗低頭臥，兩淚欲奪眶。」

動物有情，更有靈性，牠們爲求生艱苦奮鬬，牠們的遭遇，常令人怛惻動心；每憶「白狗倉皇歸……」，我心惻然久久不克自已！小動物需要人的友誼，只要我們不存心傷害，牠們永遠是「痴心」一片，忠誠的對待，然而，爲什麼世上竟有操刀屠狗的人？有以狗肉爲上品進補的人？

時至冬令，街上的小吃店，赫然又見「喂！老友，」的狗肉市招！報章雜誌上不知爲動物請命多少次，然而「老友」店仍未絕跡。我有一位女同事的愛犬，便是如此被偷入「老友」處；當那些恣縱口腹之欲的老饕，正在大嚼大啃之際，我那女同事的芳心已碎！當她的「小友」已剩下支離的白骨時，在她的夢魂中，仍然出現愛犬活生生的身影哩！

我的小妹養在「深閨」，雖無被「獵」危險，然而我愛小妹，也愛其他的「小妹」或「小弟」，我不願牠們任何一個，慘遭無妄之「刑」；在這繁榮自由的國土上，我與小妹如此安康的生活着，福報實在深！但我不免也有個「奢」望：敬請報章雜誌上，仍然繼續爲小動物請命，請多寫保護動物的大文，請再接再厲！

「永恆的歌聲」

悼念貓友

「四生登於寶地，三有托化蓮池，河沙餓鬼證三賢，萬類有情登十地……。」我一字一流淚，一唸一嗚咽；望着靜躺在脚邊「沉睡」了的咪咪，一股撕裂人心的哀痛，使我的手腕癱軟，舉不起刨土的鐵鍬，悔疚的淚水，肆意的沾滿胸前，也跌落在泥土裏。

我明白，一切的懺意都無助於咪咪再度復活。痴痴的，捧起身軀僵硬的咪咪，將牠貼緊我的面頰上，又撫摸牠柔軟的毛髮，像牠生前跟我親暱的一般，然而，牠的周身冰冷，閉口無聲，我縱有再深的情意，也無法傳達給牠了！

我的一件舊衣，包裹了牠的小身軀，然後再顫抖着將牠送入深深的土穴中，當這些機械似的動作完成的一刹那，驀地我方始意識到，這就是黯然魂銷的永訣啊！十多年我們相依如密友，物我不分的親切生活，都將化爲烟塵往事永不再重來了？抑不住悲從中來，泣坐在牠的葬身處。

回想，那一年冬天，一個星期日的傍晚，右隣的一位醫生於值班返家途中，拾回來一隻尙未滿月的被人棄養的小狸貓。對於醫生慈悲爲懷愛護小動物的心田，我爲之讚嘆不已。

當時我家有一雙大白貓，由於兩家的住宅相近，很快的小狸貓便物以類聚，成爲大白貓的好朋友。牠們同盌吃飲、同窩睡覺，高興時互相逗爪子嬉戲，諸多輕巧伶俐的模樣，天眞可愛極了。無形中小狸貓成爲我家的熟朋友，牠也賓至如歸般視我們爲忘年之交，誰的懷抱裏都可以擁有牠。

大約半月後，突然有一整天不見小狸貓來到家裏，大白貓顯得無精打采，只好蜷臥着睡覺，我們心裏雖是十分納悶，但卻不便去醫生家詢問，到底那是人家的貓。好容易盼到第二天，直到晚餐時分，小狸貓的身影出現了，家人歡呼，只見牠一瘸一拐的搖幌進來，我跑過去抱起牠，不覺大驚：阿彌陀佛！牠這是怎麼弄的？

牠的腿部有痕傷，左頰上突起一個棗般大的腫疱，以至左睛被連帶瞇成一條縫，眼水模糊的眨呀眨着。我輕撫一下牠的腫處，沒料到牠竟毗牙高叫起來，悽厲的聲音叫人心疼。我們盡可能爲牠解除痛苦，在腫臉的部位輕塗上碘酒，再用熱敷使患處逐漸消腫，然後哄着牠舐一些牛奶，於是牠不再呼叫，乖乖的睡進大白貓的窩裏。

想必是，小狸貓與我們有夙緣，在牠受傷的次日，我在院子裏碰見醫生的夫人，她頗爲抱怨的說：家中有三個小孩已夠她忙亂，那還有精力去招呼小貓；她的六歲長子丹尼，常用繩索捆綁小貓手脚，提起尾巴將貓頭硬往牆上甩，她認爲與其如此受虐待，反不如送給別人免去她兒子繼續作孽的好。就這樣我得到了小狸貓。家裏人內心都充滿欣喜，這雖然不敢與成湯解網的故事比美，但確實小狸貓找到一個安身立命之所。牠不必再戰戰兢兢逃避偶發的傷害，不再受冷落，牠成爲我家一份子，我們稱牠是「咪咪」。享受一切牠所應該得到的待遇和溫情。

咪咪長大到半歲多時，不幸大白貓患肺炎亡故，適時一位年輕的友人贈送來一隻小黑犬，牠被命爲「樂樂」，牠甫經滿月，長得渾身滾圓油亮，健康活潑的稚氣令人欣喜。咪咪一見牠好像熟朋友，隨在身旁不停的嗅吻，樂樂初離母懷，不識貓咪爲何「物」，只吓得躲閃叫苦，但是沒到一星期牠倆竟相處怡然了，咪咪也忘記失伴的寂寞。

長日裏，牠們一同嬉戲，咪咪一派「老大姐」作風，常常到外邊捕捉一些青蛙、知了，甚至小條的草蛇回來給樂樂玩，若非我嚴厲的制止，咪咪不會自動放棄對樂樂的這種遊戲。到夜晚，牠們共睡在大椅墊上，咪咪將樂樂摟在肚腹前，像慈母愛護幼兒似的親暱着。

每日清晨，門開處牠倆一同鑽出去，雙雙蹲坐在門前石階上，伸懶腰、打哈欠，不是咪咪扭過身去給樂樂舐耳朵，便是樂樂抱住貓頭來個「禮尙往來」，牠們十數年在一起生活，從未因爭食而打鬪，樂樂有時想一換口味，吃咪咪一點魚飯，咪咪也在興來時舐一點樂樂的牛肉飯，彼此都禮讓情願，毫沒有有不甘的表示。樂樂在身體長大到半歲之後，便不願再受咪咪的「體貼」，牠寧願獨個有一個窩，雖如此卻不等於牠倆不友好，始終樂樂沒對咪咪怒吼過，而咪咪更不會弓起背脊擺出一副凶惡的姿態，牠們是一雙頗具靈性的小動物，每見牠們不分貓犬，相親相愛的情景，便自然想起萬物與我同體，萬物並存而無害的古訓，頓覺人生一片光明，這世界充滿了太多的祥和之氣了。

咪咪三歲那年暑天，因爲外子工作關係，全家由南臺灣遷往北部。臨行前隣居前來探望，有人建議把貓犬分送給別人留養，何必麻煩帶牠們走。他們豈知我家一向視小動物如兒童，何況牠們一向還報給我的情愛是那般深，無論如何我絕不中途離棄牠們，自然是跟隨家人到新住址。

時間飛快，轉眼咪咪六歲了，牠生育過十數隻小咪，但都爲喜愛貓的親友討去。最初時咪咪感到很落寞，尋尋覓覓的柔聲細喚，但是過不幾天，便在樂樂的陪伴下恢復正常。每天的黃昏時到，我們便出動一小隊「人馬」到空曠地方去散步活動。牠倆在平坦的野地上追逐、打滾，玩得開心極點，歸家途中，往往找不見咪咪的踪影，我們尖起嗓子呼叫，冷不防牠藏在草叢裏的身子猛可躍出來，快速的竄到樂樂的身邊，用爪子搔樂樂的鼻樑，樂樂嚇得團團轉，逗得我們大笑不止。有時候，咪咪跳出身來轉移目標，牠不一定摟住我們誰的小腿，上去就輕輕咬兩口，那感覺有些酥軟撫慰的意味，我們口裏叱牠說：嘿！咪咪你好頑皮！但心裏卻覺得這眞是一種奇妙的「享受」，就是用多少金錢也買不到這份「赤子之心」啊。

不久後，我婆母不幸罹半身不遂症，我與外子又必須出外去工作，無法常侍在身旁，長日陪伴她老人家的便是公公與咪咪了。

曾有許多次，我們家人忙於瑣務的料理，竟未聽着婆母的呼喚，於是咪咪會自動從老人家懷裏穿跳而出，找到我們任何一人，用那種特別的但卻爲我們所熟悉的音調喵喵的示意，馬上家人警覺起來，趕快回到婆母牀邊去侍奉。咪咪的靈慧可喜處，常使我們忘記牠是屬於畜類之中的。

有一次，我午睡起來，到庭園從事例行的拔草剪枝工作。忽然在一棵玉蘭花樹下發現一隻死去的小白兔，我心想準是「兩小」合作幹的好事，不由分說捉牠們過來，指着小白兔輕摑着牠們的屁股問：是誰咬死的？是誰？誰教你們這樣殘暴？……

咪咪直瞪着眸子注視我，嘴裏分辯似的嗚嗚有聲，牠掙動四股想要跑開；樂樂呢，牠抿上兩耳，把一條大尾巴夾進後腿縫裏，一副莫可如何的受屈相。我有些光火了說：好！你們都不承認是不？先關起你們來再說。然後我到右隣養兔的吳太太家去詢問，假如「兩小」確實咬死她兔子，我應該賠償。誰想吳太太聽完笑不可抑，她說小白兔是昨天死掉被她丢出去的，咪咪牠們叨回去充其量只爲了好玩而已，如果牠們相要「打牙祭」，早已嚼進了「五臟廟」，那裏還會讓我發現？

當我盡快將「兩小」放出屋之後，牠們歡躍的跟隨我，陪我將小白兔埋藏。自是以來，咪咪從未領着樂樂欺侮弱小，隣居的小鴨小鷄經常跑進院落來，牠們也無動於衷，連一根毫毛也不曾碰過牠們。

十歲過後的咪咪，像一位老邁的人一樣，牙齒脫落，行動懶怠，牠已嚼不爛煮過的鮮魚，我們便寧肯自己撙節，讓咪咪跟我婆母共享牛奶，肉鬆及沙丁魚。牠每天「少吃多餐」，飯盌表面一層魚飯吃下之後，牠無法攪動下面黏緊的飯，這時候牠會走過來要求任何人；用身體在人的腿部摩擦着，要求爲牠攪拌一下飯盌，如此一日數回，家人不以爲煩，咸認牠已衰老，需要特別的看護。

三年前，婆母逝世一週年後，我的內心落寞，於是異常醉心學習寫作，時間對於我變得千金難換，除了必不可缺的家務料理之外，縱使是幾分鐘也如獲至寶般不肯放鬆。那時候公公自己作主要照料咪咪的飲食，我們心想反正他老人家長日無聊，有件事加重他的責任感，未始不算一件消遣，所以我就疏忽了對咪咪的看顧。沒想到公公已經是年老神衰的老人，他察覺不到咪咪的任何變化，以致咪咪的左下頷長出一個好大好腫的膿疱，待我急着給牠服消炎藥之後，疱破血出，不久便痊癒，我們想：不過是小毛病，好就行了，並未再予留意。

其後，我的大部份時間都耗在塗塗寫寫上，文章尚未寫得略窺門徑，而我的咪咪突然病勢沈重了！牠的膿疱又突起，口角流臭濁液體，我們很艱難的使牠張開口腔給牠服藥，方才驚惶的察覺喉部已形潰壞。牠不能接受任何食物，懨懨的趴在窩裏，只用一雙漂亮而無神的眼睛盯視我；是哀怨，是憤恨？我不禁淚如雨下，悔怨自已嗎？一切都已太遲！

咪咪死去的上半夜，只不停的翻滾呻吟，看見牠百般痛苦，我心如刀割，說不盡愧惻悲傷，天亮前牠已身體僵硬，牠去了！享年十三歲。

咪咪被埋葬了，我的心境爲之索然不堪，我們家像是丟失了一件精神上的憑依。爲懲罰對牠的過失，我暫時擱下了要什麼撈什子的筆桿，然而，一年的光陰過去了，卻抑止不了我對於咪咪的愧歉與悼念；面對着牠那放大的照片，我陣陣鼻酸，喃喃的告訴牠：

咪咪啊！是我對不起你，請你原諒我，如今我所能做的，只有爲你誦唸往生咒，爲你的靈魂祈祝安寧，願你來世遠離畜牲道，生諸佛國……。

「永恆的歌聲」

盆景的喜劇

人們歌頌愛情神聖與偉大，更禱祝天下有情人成爲眷屬。然而卻沒法子保證；每一對夫妻都恩愛逾恆、白首偕老，要不怎有七年之癢或十年之怨？或者中途「各奔前程」？更甚者還要殺妻滅跡呢？

因此，有人說：婚姻生活是終身的問題，此話不無道理，豈不常聞六、七十歲的老夫妻，也鬧着性情不合而吵着分居和分家嗎？

所謂問題，小自鷄毛蒜皮的瑣事，大至水火不容的互相傷害，都能造成不幸的後果，到頭來兩敗俱傷，內心反增痛苦，何苦呢？倘使雙方在問題發生時，反省檢討，互諒互恕，面對事情癥結謀求化解之方，理智的維護建立不易的家庭，豈不就重獲于飛之樂，把溫暖還給對方啦。

曾經有這樣一對夫婦，成家不及十載，竟有驚無險的經歷過一場波折，這波折也變成刻骨銘心的教訓，終致雙方誠摯的「友好」，發誓終生不再重蹈覆轍。

那位妻子也是職業婦女，她於工作家庭之間兼顧盡責，親友們交相讚譽她的辛勤能幹。每天下得班來，先將一雙小兒女由托兒所接回來，然後便紮上圍裙做晚餐。而後還有連串的瑣務要處理，一天的公私兩忙，使她覺得疲乏，巴望着一切事情安排妥當，小孩睡了以後，坐下來啜一杯香茗，享受一些音樂。

她的「希望」並不奢侈，卻如摘星一般難以實現。從她在厨房裏調製飲食開始那位丈夫就緊「釘」在她的身旁；不是爲之代勞，也非協助洗米切菜，他使妻子萬分驚奇的是，已往心目中的白馬王子，不知何時變成了婆婆媽媽的長舌男，他不停的嘮叨：妳今天爲什麼回來得稍晚？這件衣服太貼身了吧？妳一定非買這種豆筴類的菜嗎？買水果總是買我不喜歡吃的，存心整人呀？我那件藍襯衫，今晚給我燙好喲，我明天要開會……。

妻子也是血肉之軀，並非不壞的金剛身，她這樣站在生活第一線「孤軍戰鬪」，實在太辛苦，當她實在忙不過來的時候，請求他援助一下，他就萬分不耐的說：這些事全是女人的天職少找我的麻煩我上班一天難道不累呀？

當容忍超出限度之際，妻子招架無術，只好決心向他豎了白旗——請求分居。

親友們聞訊，磋商着謀求挽救之道，於是得一妙計，他們送去十多盆翠綠和嬌艷的花樹盆景，言明是交付那丈夫的「功課」，每天下班要負責澆水、鬆土，而實際上他們希望這項「功課」能宣洩做丈夫的多餘精力，說不定因此趕走了他內心的「荒凉」，使枯竭的心靈獲得滋潤，甚至從植物的「心」中，領悟出寬大、仁和，與「共天地參」的情趣。

這不是神話，當那位丈夫「玩弄」那些盆景到了兩個多月的時候，妻子驚喜的察覺這帖妙藥十分生效，她耳畔不再聽到苛責或怨憤之聲，家庭中的瑣事，他也加入工作。而他亦從欣賞盆景的充滿生命活力，了解到不能只一味從事機械化的工作，而忽視了心靈的滋潤和調劑。進而他不禁愧疚：昔日心目中可愛的「西施」——妻子，竟被自己役使和虧待，今後，他決心不再做愚蠢的錯事了。

六六年十一、二八台灣日報

珊特拉•雷茀小姐的鞋子

上月中旬，相偕小提琴家林昭亮回國演奏的鋼琴伴奏，是位和藹可親的美國黑妞，珊特拉·雷茀小姐。她自抵臺灣便笑口常開，自認是愛麗絲夢遊奇境，大開眼界，騁目所及都感到新鮮驚喜！

她與昭亮母子住在圓山飯店，曾屢屢讚賞建築的偉麗，甚至來到新竹筆者的陋室，一棟退休後所立錐的老舊房子，她也讚說好漂亮，是因滿院的花卉所襯托的緣故？抑是陋室內的滿架書香？總之，她領悟美感的能力足使她處處欣賞出中國的風格，在她看來眞是美不勝收。

爲了感謝她辛苦爲昭亮伴奏，同時也稍作國民外交，筆者贈送她親製的緞帶胸花，使這位昭亮的學姐高興得頻呼謝謝，太美了。當她啜過一杯中國功夫茶後，由手提包中抽出記事簿，將她所接觸的人與事物，不厭其詳的記錄下來。筆者稱道她隨時隨地不忘求知的精神時，這位美國的第一流的鋼琴家，竟帶着嬌羞說，這是她首次來到這可愛的國家，她太喜歡這兒到處充滿生氣勃勃的綠色，眞是綠得出奇的美，而幾天來所遇見的人們，全是情意敦厚，她無法表達快樂的感受，只有記下來帶回美國去向親友們述說。並且她更盼望能夠再來，她嚮往台灣很多還沒到過的地方。

那天午後，我們陪同昭亮母子往青草湖的寺廟，去祭祀昭亮的父親，抵步該地，見有救國團主辦的舞蹈組體員，成羣在如茵草地上跳土風舞，還有一些大專男女學生搭着篷帳，有的在做炊事，大家都那麼嘻笑活潑從事着康樂活動。珊特拉小姐極有興趣的注視他（她）們，稱讚這些活動很益於身心，而我們也感到驕傲，讓她看看自由中國樂土中，充滿安和的氣氛，不是暮沉沉地沒有活力，及至昭亮（他南北奔波已累得發燒感冒，卻一心要回新竹訪友及祭祀父親。）與母親從靈寶塔走下來時，珊特拉上前慰問，之後，又取出她那內容多彩的記事簿，把在青草湖的見聞一一記述。就在同時昭亮母親要我瞧瞧珊特拉的足下，我很奇怪的注視過後，發現她足蹬一雙很舊而鞋尖翹翹的便鞋，原來這上面還有段可樂的故事：

當　國父紀念館那場演奏結束之後，雖然昭亮和她幾次謝幕答禮，但仍滿足不了熱情聽眾的喜愛，師姐弟兩人被蜂湧的人羣層層包圍着，要求簽名。他們的手腕都寫痠了，仍然高興的簽個不停，後來直到十一點過了，司門的人員不得已而下逐客令，熱情的愛樂者方始逐漸散去。

正當珊特拉小姐感到被「釋放」的輕快時，咦？怎麼雙腳走起路來竟然會不均衡？急忙低頭一瞧，喲！不知何時一隻皮鞋被擠丟了！怎會毫無感覺就飛掉了鞋子？

夜已深沈，紀念館又那樣寬廣，怎麼找呢？或者慕樂者撿着帶回去作紀念品了吧？珊特拉只是嘻嘻地笑着，不以爲意。她並不一定要找回那隻鞋，即使那是屬於最高價的好皮鞋，她又有何損失呢？她所承受和「收穫」到中國朋友的和善誼情，要比最貴的皮鞋更昂貴哩。

中央日報六七年四月卅日

退休生涯

奉准退休時，同事們爲我擔心說：不上班的日子做啥呢？多無聊！

退休兩個月後，偶與他們晤面，大都無限同情地問：你還好吧？

時過半年後，再行相遇時，竟然聽見他們驚訝了：喲，眞像神仙一樣的逍遙嘛，氣色多好！

我見過有人不能適應退休生活的轉變，內心失落又絕望，以致於未作神仙先作了鬼，這些事實自然提高了我的警覺，儘量不去自掘「陷阱」，並非我有什麼値得長壽的「價値」，而是衷心有個最高的願望——我要健康地跟隨政府回大陸去。

我當職業人兼家庭「煮」婦近卅年，生活習慣也一直循一種模式進行，緊張嚴肅而有秩序；突然一旦退休專門回家作「心臟」，而生活的拍子變得和緩散逸，似乎抓不着重心，又加上離「羣」索居，不免產生精神虛脫的症候。對於這些退休初期的困擾，所幸我很快的擺脫了。

人生本來就是在不斷地變化中，由青年中年而至老年，誰能超越？該來的一定會來；何不把握人生有限的歲月，重新把桑榆晚景安排，重新生活，擴大知能與精神的領域，決心在人生「接力賽」的最後一程，創建更美妙的境界，則退休非特不是人生的「敗仗」，甚至是對國家社會辛勤工作後，光榮的享受「報酬」；不僅是貫徹退休美制的守法行為，對個人來說積勞始知清閒是福，有福為何不享呢？

陋室之內當皇后

當我「回家」時，男主人致歡迎詞說：「唉！眞是難為你啦！卅年的辛勤工作，又協助我侍奉老人到愼終，如今你該享享清福了，想做什麼「玩」什麼，儘管敞開心情做，不要難為自己；從今以後你就是這家裏的皇后，一切內務大事全權付你處理，祝你退休快樂，『新職』萬歲！」哈！我該如何執行「權柄」和義務，而後再說到享受呢？我們居住的幾間小平屋，雖在周遭現代化大厦的映比下，外表稍顯其寒傖和「土」味，然而廿幾年我們不斷把注內在美到陋室中來，雖不敢自詡媲美「陋室銘」，然而它卻是我們心靈棲止和快樂的地方。今後它該怎樣更提高境界，如何使在外埠謀生的他了無後顧之憂，而我又該如何運用有限的財力使家中不虞匱乏，這些責任豈能忽視？

首先增加兩架書櫃，將堆放着的書籍雜誌納入，又增訂雜誌及報紙三種，使精神食糧源源不斷，此乃文化建設之一斑。

下一步，紮上圍裙，將積垢已久的廚房內部與器物，大肆清潔開光一番。然後書寫一張「留心食物，當心心臟」的表格，貼在壁上；我們中老年人不能再妄求口福，保健第一，倘再食用內含膽固醇量高達二〇〇以上，無異是在「飲酖」自毒，豈可不察，此乃家庭維護健康決策之一斑。

儘管我們不是膏粱之家，生活一向力求清簡，但卻有一項「奢侈」，出乎天性我們都喜愛小動物，猫猫狗狗與我們同生滄桑一夢間，彼此做為良伴，互慰之情亦感溫馨，風晨雨夕、寒夜燈下，或我閱讀繪畫時刻，都見牠們跟隨左右，我外出採購或因事出門，牠們從不闖禍。我除草種菜時，有牠們跟隨着「加油」，誰說我是孤寂的呢？

退休後，我又發了不忍之心，多收養一位流浪的狗小姐，性情溫和十分聽話。我為牠打蟲、注射狂犬及痲疹預防針，而今已調理得健康活潑，縱使牠不是名犬，在我眼中牠的份量卻和家庭一份子一般的重要。

男主人週末「回宮」，欣見我又有了新的「公主」，不禁調侃道：「呀！報告皇后陛下，這般的食指浩繁，老皇我若不繼續奔波去工作，大家可沒有嚼穀了也！」

「哈！皇后御前多個把『侍臣』也是正常，何況咱家一向着重素食，節省的副食費送給牠們不就解決了嗎？」我理直氣壯他也視之當然，此乃情感生活方面之一斑。

有福不離花世界

我愛花卉及植物，因爲有花樹的地方就有生命。何況在體力上我已「玩不起」球類或游泳，而爬山郊遊的機會並不很多，鑑於中老年人必須注重適度的運動，方能維持體內良好的血液循環，而不被病魔緊緊釘牢。於是我每天晨昏除與「小犬」散步外，平時即細心的照顧滿院的花樹；我把愛心傾注，爲花兒們捉蟲、澆水、施肥、修枝，使我的戶外活動成爲慣性，每日徜徉花樹間，清新舒暢、塵念盡消，豈不是頤養天和的好「處方」？

朋友們笑我是「花奴」，卻不知花兒也多情，回報我的要更豐富，它們告訴我含孕花苞以至於綻放，要經過怎樣的痛苦與掙扎，才能苦盡美來；我欣賞它們的美不僅是外形，而是直入「核心」的；由美生愛，更體悟出「色麗妙香之花，猶如善語，行者得其善果。」對我退休後的修養，豈不是又上了一課？

我們家庭的蒔花「作業」從未中斷，在退休之後能享受其福何止萬端，但限於篇幅只「取樣」數點。

我們利用前後空隙，搭有兩座蘭花棚，此外種植木本花樹如白蘭、木蓮、日日櫻、芙蓉、碧桃、桂樹、梅樹及椒樹、水果樹少許，加上觀葉盆景，它們四季交替開花、生葉、結實；我將晒乾的茉莉花混入茶葉，增加品茗的樂趣，又把桂花拌入砂糖做成香醪。香椿的嫩葉來個涼拌豆腐，而豆角和青蔬是特別新鮮可愛，一分耕耘一分收穫，內心的喜悅惟人自知。我以白蘭花與械樹的落葉，製成標本，也是書籤。

既與花卉植物相處長久，便無形產生與大自然契合的情愫，在精神上似與花卉樹木不分彼此，更因它們行健自強的蓬勃生命力，啟示我人當自強堅毅，不可浪費生命。因此一年後，寫成有彩色花篇，及情趣小品的書，作爲退休紀念，倘我不是退休，也不親近花的世界，何能有此記錄？

文化活動好慎獨

寂寞，可能是退休生活的特質，千萬不能向它投降，表現「軟弱」。要珍惜人在孤獨的時刻才更爲清醒，更能了解自己，而善加利用愼獨的功夫，使心靈的綠野處處充滿生機和希望。

我首先整理存積的剪報，經過重讀分類再「編輯」成家庭「出版」的雜誌，報紙每天必讀、必剪，則「雜誌」來源如活水，這個「文化事業」直可做到終生，不愁沒「書」讀，也不怕頭腦會長銹。

我從讀書時卽喜愛集郵，那些設計與印刷都極典雅美觀的郵票，不僅涵蓋了中華文化與精神，更是精美的藝術品，値得平時多作欣賞美化心胸。尤其我國郵票的圖象日益進步引人入勝。雖然退休後收入僅及原薪四分之一，然而在他處撙節爲集郵而用，仍然是富於意義，至於怡情、益智之外的儲財一說，當爲餘事耳。

報章雜誌、剪報而外，購置愛讀的新書，更是文化「胃口」的重要「佳餚」，好書的誘惑力遠較好衣服爲強，因此我家裏書櫃比衣櫃多；我的年齡與深居簡出的生活，都令我對外表的修飾興趣減低，我喜歡穿一襲舊衣，寬寬鬆鬆地，在忙過家事、照拂過羣花之後，坐倚書城，隨手拈來一本好書或瀏覽或「咀嚼」，深得其中「營養」與滋味，也有妙趣橫生的，都令人撫書讚嘆，內心無比的豁然開朗！

有人說，人生最難是兩件事，如能突破則必獲致實質的快樂。一是擺脫金錢力量的控制，其次是在人羣中生活而不樹立敵人。如此該多自由？我想惟有退休者能辦到吧！

西諺云：「不能教老狗新花樣」，我偏不服氣，我要證實我不是強弩之末，我有濃厚的學習衝力，只要我想學。

不怕擠公車，以九個月的時間，學完人造花的課程，當我「挾技」歸家時，小屋到處有「魚目混珠」的花朵，雖然它們不似眞花活鮮，但卻常保朝朝艷麗。逢有親友喜事，親製幾朶精緻花朶作爲餽贈，在彼此誼情之中又含紀念價値。莎士比亞曾說：「藝術家是不會有冬天的。」我非藝術家，但我卻有癡迷美好事物的傾向，同樣也能從追求藝術的心志中獲得胸襟的活潑和開朗，則「春天」離我還會遠嗎？

也許，我身爲教師慣受「強迫學習」的感染，即使處在家事內外皆不閑散的情況下，仍覺得行有餘力可以再學新的才能，多一份情趣則多一份「享受」和快樂啊！

因此我又揹上大書包擠公車，先以六個月時間，在市內社教舘國畫班做起「老童生」來，「同學」當中有我昔日的學生，一起研習國畫藝術，切磋之間頗多樂趣。當我拿着第三名的結業證書回到家裏，老伴兒十分開心，鼓勵地說：「看起來你努力向學的成績還『不癩』，今後如再多多用功練習，說不定七十歲時，會成爲中華民國的摩西婆婆呀！」

哈！那我怎敢妄想，學畫的本意純爲怡情養性，也是興趣，倘若心存成爲大「家」，那種心理負擔太重了。我是無所爲而爲，要爲退休生活多添一些色彩就滿足了。

如遇親朋好友作壽或有喜事時，我能够爲男壽星畫一幅南極仙翁，爲女壽星畫一幅痲姑獻桃；爲一對卽將成爲眷屬的有情人畫一幅花鴛鴦，那該有多痛快啊！

也許靜態的「活動」較多，爲顧及長此下去身體會「發酵」，於是我接受老伴贈予的「婦女廿八天瑜珈運動計劃」一書，由他一旁指點。從立姿、坐姿而臥姿，逐漸練習頗能心領神會，心無旁鶩。只是兩年多以來，毫無進展突破的困難仍然存在，就是蓮座、犂鋤，和頂立；我練學也晚，如硬在望六之年去苦練那幾種「特技」，恐怕老骨頭要受傷害。好在學習瑜珈的目的只是爲了使身體血脈活絡，促使新陳代謝正常，我已蒙受其惠則無憾焉，又不與人較量，「功夫」是否登峰有何要緊？

不是離羣魯賓遜

退休，不意味一定要閉關自守，爲避免陷於孤癖和枯燥，應有適當的社交生活，給生活帶來活力和新奇，預防心靈僵凍。

我托粉筆生涯之福，「先天」就有學生們的友情，而因緣相遇的年輕朋友，還有晚輩，皆因某些情趣相投而成爲忘年交，我們過從之中沒有利害和要求，純純的情誼，彼此砥礪，我們說戲劇、音樂，也談文藝、繪畫，也唱唱西皮二簧或歌曲；我常渾忘自己的年齡，他們也不視我爲老怪物。想起孔子所說的：廢寢忘食、樂以忘憂，不知老之將至，眞是深得其中情味，人生至此可謂富貴不能撥我心。康德說：「我眠、則享人生之美夢，我覺、則見人生之責任。」可知退休的人仍有奉獻自己，服務他人的機會，只須我全心的去愛生活、愛別人，生活與別人便不會拋棄我，而自己便能建造一個新的天地矣。

退休五年了，很安慰我沒有變成滯拙的老人精，童心依然不減，我趁機大肆「遊玩」。經過了往昔的風霜磨鍊，人已變得悟性達觀，尤其寄身在惠風淑氣的自由國度裏，安和樂利生活無憂，我還苛求甚麼？我豈能自暴自棄？

我在家裏笑聲最高，老伴在家時我們也常雙聲合笑，也與來訪的年輕人開懷暢笑。說的也是，生命有限，那有時間去柔腸一寸愁千縷呀？快樂是要自找，而快樂的心靈又蘊藏着怎樣豐富的「財富」啊！

古詩云：神仙好處君知否？只比人間笑聲多。

快樂家庭雜誌六八年七月

懷遊篇

桃源今安在

在這裡，見不到閃爍七彩的霓虹燈，聽不到發動馬達車輛的吵鬧聲；更沒有咖啡室、跳舞廳，喧囂熱鬧的市面，以及光潔平坦的柏油路，和一切一切所謂現代化的新「文明」。

在這個熙攘忙碌的世界上，這座中國西南邊陲的山城——西康省康定（俗稱『打箭鑪』）。卻仍保持着田園一般的寧靜與淳樸。人們過着辛勤安定的生活，沒有巧取豪奪及物欲引誘的煩惱，他們像生活在世外的桃源裡，福報何其深！

倘使，有人是向慕繁華和奢靡的，便無法領受它清幽和眞實的美，充其量只能做旋風式拜訪的觀光客，然後懷着「淺嚐卽止」的心情匆匆離去，卻不能穩定的、深入的在那裡安祥的生活下去。

不是嗎？不知有多少往來邊塞的旅人，在咀咒它是絕塞的荒陬，嫌棄它那原始一般的寂寥；可惜，他們只瞥見山城外貌的「貧窮」，實在不曾了解山城的生活內涵是那麼的「富有」，那正應合了一句話：「要想使一個人快樂，不要增加他的財富，卻要減少他的慾望。」

大多數的山城同胞，都過着不貪妄、不虛求的清簡生活，因而獲致內心的和悅，爲什麼他們能如此？實緣於當地的濃厚佛教氣氛所使然，是佛陀的大智大悲的雄力，引導着他們。

城內有兩條由大渡河水支流分隔而成的街道上，隨時可見身着黃色袈裟、偏袒肩頭的喇嘛（即僧人，藏語稱爲『ㄍㄟˇㄍㄟˋ』意即師尊。）在接受行人的禮敬、婦女們慣將盤在頭頂的髮辮放垂下來，然後又合十俯首，聽喇嘛爲之祝福：「啐力邊邊哄！」那被祝福過的人，總是在面孔上顯出十分榮寵的樣子，滿足的笑意說明他的內心充滿安慰和幸運。

城外幾處建築雄偉的喇嘛寺，巍峩肅穆，是信眾們經常去禮拜和發願心的所在。當每年一度的浴佛節來臨，寺內的僧人以壯大的行列，携負着各種法器出巡；鮮明的袈裟，莊肅的儀隊，還有特別的樂器所奏出的音樂，直把整個的山城轟動得得沸騰不已。人們以那童蒙似的忠信，奉獻着供養，婦女們則博帶寬衣，長袂飄舉在四郊的青草地上狂歡着跳「歌莊」，瞧她們無憂無慮的活潑奇趣，眞像是踏出三界外，不在五行中的仙女，能不由衷的羨慕？

在郊野、在山邊，隨處可見飄揚在金頂標竿上的各色薄紗彩旗，條條有丈八長，像神龍飛舞，上面寫着排列整齊的藏文經句，在青山綠野間，不只現映着動態的美，並且予人一種振作和啟示；它在指點你的迷津，携領你朝着眞善美的方向精進。

像春日和煦的陽光，佛光在這裡光輝的照耀，山城的人民廣被這種恩澤，度那與世無爭歸眞返樸的日子；不見可欲則心不亂，所以他們不懂得製造搶刼、竊盜以及一切人爲的災難。金銀珠寶和財物，只能誘惑那些貪婪無饜的人，對山城的人們來說，實在不需要那些錦上添花的東西，過多的財貨對他們又有何用？

他們不需求歐美呢絨、綾羅綢緞，那無面的羊裘和堅實的氊毯，可做四季的衣服，衣襟上佩掛的一隻「哈達」鐺兒，便是最漂亮的胸飾。婦女們從不用舶來化粧品，夏日裡冰涼的山水使她們皮膚光嫩可愛，多季裡北風呼號時，她們用「碗糖」塗面，（用紅糖製成小盌狀，可吃可抹。）在城內僅有可數的幾家鞋帽店，生意並不興隆，人們的家裡都有牛皮可製革履，獵來的獸皮便是帽子的原料。

由於人們心無惱亂作祟，信仰專誠，所以能體健人壽精力飽滿，健美的婦女們，幾乎每個人都是面色紅潤，步履便捷，絲毫沒有纖弱嬌羞的造作。對家庭她們努力維護，操作不遺能力，不只主內抑且跑外。

當每日清晨第一道曙光將現時，四山上已廻應着她們嘹亮的歌聲，倘使你愛好清晨，到山邊郊外蹓躂一趟，就能看到許多婦女在揹柴、揹茶、揹水，（山城無自來水，全城食水都來自「水井子」的山泉，由人揹負送給訂戶。）一邊操作一邊高歌，迎接一個個美好日子的來臨。

有的人路過山城，因爲找不到一家「像樣的」現代化餐館，而大肆抨擊山城的落伍，並且惡意的形容說：「牛腿與羊肘連毛入口，風捲殘雲，食盡方丟手……。」這眞是過份的誇張了，實際上，當地的青稞酒、奶子茶、糌粑和酥油，其味醇且美，很富於營養，生吃肉類也不多見，此外尚有很多其他名貴的山珍美饈，怎能說它是簡陋？

城郊的近處有郭達山（又名跑馬山），是春秋佳日康藏同胞賽馬的好季節，溜溜馬（不帶馬鞍）馳騁於山坡上下，在觀眾歡呼雷動聲中一爭勝負，這英武的體育活動，是山城生活中的另一個高潮。其他如子耳坡、榆林宮，一山一廟也是人們休閒的好去處，青山綠水間可拍照，可寫生，可引吭高歌，可放浪形骸。登高壯觀天地小，個人的得失榮辱早拋至腦後，美景當前賞心悅目，心曠神怡，冥冥然與造物渾然一體，幾不知人間何世？

「二道橋」是溫泉集中區，此外散佈山城四郊的大小溫泉不可勝數。由城內去該地步行半小時可達（城外僅有數部人力車，專供客人去二道橋之用），許多人早晚都去泡一次溫泉，享受陶然之樂。所以皮膚病這名詞，在山城是陌生的，有那樣方便的溫泉浴，誰肯讓皮膚生病？

民國三十年左右，二道橋修建一棟現代化的藍色大樓，上面鐫刻着于右任先生的墨寶「與點樓」，於是溫泉區的聲名益加大噪，不只山城的居民，卽附近各地的人，前往溫泉洗浴者日勤，他們視溫泉浴跟吃茶一樣的樂趣重重。

初到山城的人，最初聽不慣無日不作龍吟似的風吼，以及大渡河水日夜滔滔的狂怒叫喊，但日子久了，卻視爲天然譜成的交響樂曲，清晨或夜靜時，那樂曲會帶來一種神秘敬肅之感，使人與大自然之間逐漸產生古老而永恒的親密關係，於是人們不再咀咒它聲音的可怖，反而覺得那是最能代表樸質和壯美的精神。

因爲山城的風四季常吹，使整個夏季變得美好非凡，旣無蚊蟲的騷擾，也沒有持扇的痲煩。山嶺水涯草木陰稠，野花處處，正適合人們郊遊玩樂。過小河有索子橋可乘，玩累了碧草作毯可供憇睡，口渴了吃幾個「仙桃」（仙人掌科植物上所結的果實，去掉有軟刺的皮，果肉淸香甘冽）。總之，在那最自然的大自然裡，你會像葛天氏之民一般的寬懷愜意，旣不懊悔過去，也不畏忧將來，只有現實的美好將你的靈魂提昇、提昇，在陶然忘機的情境中，內心油然而生逃離紅塵狂濤的怡快，這豈是任何的歡樂場所能與比擬的？

山城自從建康定爲省會後，一時人物薈萃，學校與機關林立，有異乎尋常的繁榮，然而山城同胞的生活依舊，他們保持本色，不忘虔修，淸簡的生活情趣不減，山城雖有追隨進步的變動，但是和諧安祥的精神不變，身居世外桃源中的人們，福報的確深！

然而，時至今日，桃源可無恙？——

大渡河水依然流着，跑馬山麓依舊綠着；但它已爲赤色的魔鬼所強佔。那金頂的標竿上不再見那飄舞的彩旗，那雄偉的喇嘛寺裡不見了跳神舞，善良的山城同胞們已失去宗敎信仰的自由！這才是眞正可悲啊！

山城！離別了二十多年的山城，我要爲你祈禱：願早日趕走赤色的強盜，國土重光；願山城的同胞們，依恃佛法精神，堅定抗暴勇氣！度過刧難，早歸祖國懷抱：摩訶般若波羅密多！

附記：反七筆鈎

西康建省後，以康定（俗稱打箭鑪）爲省城，有蒙藏委員會之設置，該會中有馬參議者，讀及前清果親王之七筆鈎後，以其所咏多爲鄙簿之氣，實有礙與康藏同胞相交誼。於是振起遒健之筆，攝盡康地實情；透參原咏格調，咏抒渾雅沈摯之「反七筆鈎」，見載當時某期康導月刊中，一時秀句名篇傳誦眾口。

而今大陸暫陷，西南邊陲闢入鐵幕，際此吟咏「反七筆鈎」，可爲足跡未至康省者作一描述，並與起對祖國山河的慕戀，敵愾同仇，團結反攻！

反七筆鈎

（一）萬里遨遊，漫道西康是荒陬，清流隨處有，山嶺峻而秀，草木綠蔭稠，花開錦綉，夏鮮蚊蟲，溫泉遍地覯。因此把：「絕塞窮荒一筆鈎！」

（二）馳騁驊騮，山嶺水涯牧羊牛，河谷耕田畝，胝足又胼手，早起事虔修，體健人壽，勤勞誠樸，性情兒忠厚。因此把：「懶惰虛僞一筆鈎！」

（三）野地高丘，半是氈幕半碉樓，守戶有猛狗，亂石砌牆厚，山環水抱周，日光照透，獨木爲梯，屋頂隨意走。因此把：「湫隘囂塵一筆鈎！」

（四）我有羊裘，歐美絨呢不須求，革履家有牛，皮帽山有獸，何必緞與綢，氆氌耐久，博帶寬衣，古風今仍舊。因此把：「洋服舶品一筆鈎！」

（五）客到即留，茶麵酥油不索酬，自製青粿酒，自牛割羊肘，萬里任遨遊，糌粑即够，生活簡單，飲食何嫌陋。因此把：「地瘠民貧一筆鈎！」

（六）林滿山頭，遍地黃金任取求，草地可牧畜，山中可獵狩，倘使便舟車，商賈輻輳，寶藏開發，民足國亦富。因此把：「口腹縱欲一筆鈎！」

（七）赤足丫頭，步履便捷莫與儔，家事一身負，善舞持長袖，戀愛本自由，吉士免誘，健康爲美，似染歐風久。因此把：「纖弱嬌羞一筆鈎！」

「永恆的歌聲」

大學生與寶光寺

寶光寺，爲四川省名刹之一，位在成都以北四十里，以桂府稱著的新都縣境內。每當中秋時節，桂府中五、六十株三人合圍的大桂樹，一齊花開，眞可謂十里飄香；順風輕播，淸芳的氣息，吹送到城郊以北，也吹向在約三百米處的寶光寺。儘管那時的觀光事業，不若今日臺灣發達，然而，這一刹、一園卻早已名聞遐邇，凡是遊過桂府公園的人，必也光臨過寶光寺院。

至於大學生，又如何與寶光寺發生了聯繫？卻是一件十分有趣的眞實故事。但若了解這中間的經緯，首先必須認識寶光寺的全貌，之後才能貫穿大學生與該寺的一段密切因緣，如此則來龍去脈，始得首尾照應。

據傳說，最早期的寶光寺，僅有一小廟堂及一小靈塔而已，香火亦不旺盛。自從有一天塔頂上突然放射出寶光，萬人仰視驚奇，以後的情形便大爲改變了。經過改建的寶光塔，塔位原地不動，但是塔高已升至四丈左右，塔身的建造壯麗可觀，便是後來的七級浮屠——寶光塔。

因塔，而改建全寺，寺名係因塔名而來。從外表上看寶光寺，不過一殿二樓的模樣，並無特出引人的地方。但當你一逕踏入寺院，即刻會發現它的深邃與宏廓。首先我們要介紹寺院之內兩旁的構造，然後再回轉到正門，再從正當中部份作一番巡禮。

寶光寺的正大門，幾乎是經年不開，除非與佛教有關的節期開放外，平時只有兩側的邊門，供執事人員出入。該寺有可觀的廟產，所以不賴香火維持，因此寺院內外長時都在靜謐中。正門外，左右各蹲着一隻巨型石獅。獅身及馱獅的石墩，長度在一丈左右，石墩的高度與成年人的肩齊，可見二獅守門的雄姿挺拔。

由正門進入寺內，最引人注目的，是左路那邊的鐘樓，及右路那邊的鼓樓。二樓遙遙相對，距離在一百米之譜。樓的建造爲二層式閣樓，樓頂閃爍着黃色琉璃瓦，倍增閣樓的氣象。左樓內，吊掛着一隻口徑約一米的大鐘，鳴鐘時必須登樓敲擊。右樓內，横臥着一隻五、六尺徑的大鼓，擊鼓時同樣要登樓，所謂暮鼓晨鐘以示警戒，端視二樓早晚爲引導。過鐘鼓樓往前行，右路爲首的房屋是知客堂，左路的房屋爲客堂，這排客堂好似長龍，一直迤延至最後的禪堂。

由知客堂再後去，則爲寺內一處工作場地，磚頭舖地的大院中，有僧眾數人於其間做檢米、摘菜，以及劈柴等工作。與此地緊連的，就是廚房與浴室。再往內行去，則是僧眾入膳的齋堂齋堂內，有大條桌十數張，皆用中國老漆髹染，每次膳後都洗擦得一塵不染。堂中設有席位三百餘，堂的正中，供奉着三尺多高，滿面笑呵呵的彌勒佛一尊。

由齋堂又往後去，似乎路已盡頭，然而，如若向右轉個彎，竟又出現了一條大弄堂。它的左邊有一座跨院，院中有房屋三間，是爲方丈室。中間那一間爲客堂，堂中央立有石雕小塔一座，高度在八、九尺之間，共分三層，第二層中裝有玻璃盅一隻，上加扣蓋，內藏歷屆法師的舍利子，粒較大者類似蠶豆，多呈紅色。該寺當時的住持方丈不知爲誰，但悉上屆方丈爲一擅長書法的貫一法師。寺內的匾額聯對，多出自法師手筆，字跡剛勁不愧大家，惜已忘卻聯對的內容，甚感遺憾。

走出弄堂，如果再向左轉，又見一大院落出現眼前，從大門進去對面卽到羅漢堂。該堂的巍峨寬敞，乍見時卽已嘆爲觀止，及至入內繞行一週，便不知如何形容才算恰當。堂內的羅漢像，法身比眞人稍大，約有五百多位，或坐或立，或面對、或背對；一行行、一排排，分佈在整個的堂中。除行路的空隙外，前後、四隅、中央，盡是各種表情的羅漢。羅漢的法身上，全是赤金金箔所包「粧」，那都是信眾們許願的奉獻。仰望如此眾多、金光閃亮的羅漢，尤增華貴莊穆之感。

迄後，走出羅漢堂，不上幾步，便到達一所更大的跨院。它的右一部份是幾棟大倉庫，藏貯着米、醃菜、豆醬等。左一部份則是一大片曬穀場。走筆至此，寺院的右側「風景線」已介紹完畢，接着，要請你移步回轉到左側來，一覽它的構造如何。

客房的位置，與知安堂遙對平齊，但卻一直迤至毗連的禪堂。禪堂的大門雖設而常關，門上書寫禪堂二字，俗眾行至此地，卽視爲禁地而止步。禪堂內經常有僧眾數十人於內參禪靜修。至此，左路的「導遊」告一段落，現在又要向後轉，回到寺院的正門進口處，對正中部份的幾座大殿堂，參觀一番。

正門的第一「站」；是四天王殿，天王的法身高大魁梧，分左右各二位。此一殿堂的中間部份有一穿堂，直通殿後的寶光塔，過塔而後卽至彌勒佛殿。此殿亦偉壯可觀，尤大過四天王殿。由此再往後行，就到了三元殿，殿中供奉着佛陀立像，法身約一丈六尺高，加上由地面立起的蓮臺，共有兩丈左右高。佛陀兩側有二位菩薩法身，高度稍低，祂們的法相莊嚴慈悲，令人心生神異的欽敬。

離此往後去，卽抵達正殿，此中供奉佛陀的坐像一尊。法身不若三元殿中高大，像位設在正殿的後中部位，其後爲一通路。此殿正對殿門的一面牆壁，乃爲上好良木精雕細刻而成欞檻花紋，然後再糊以薄細白紙。此殿設置蒲團約三、四百個，爲該寺僧早晚作課誦經之處，由於蒲團數字的顯示，不難想像正殿的殿宇該如何寬廣。

正殿過去，卽爲藏經樓。樓分二層，樓上所有盡皆佛學經典，多爲木刻版本，整齊的存列在書架上，爲懼蠹魚吻蝕，每本書的上下都以乾片的烟葉防護。樓下的大間房屋，開放機會極少，那是爲違犯戒律的僧眾設立的懺悔所；兩邊整個牆壁上都有字畫，一邊是書寫的魏碑字體，另一邊整面牆壁上是山竹及一位老比丘的畫像，據云係一位九十餘高齡的老法師所作。室內還有懲戒用的桃木杖數根，上繫紅布，看起來顏色已呈黯舊，可知久久未曾使用，不過以示儆意而已。

寺院的中央部份，四殿、一塔、一樓，彼此之間相距都在廿米之譜，而每一殿宇之外均有寬約一丈餘的廻廊，可利通行憩止。總之，寶光寺的宏廓，不是一眼就能夠看得透的，不是嗎？當你離開藏經樓時，似乎已到了中央部份的盡頭，其實，倘如你有興緻再往後去，便有一處十分僻靜的「天地」，那兒有毗連而成字凹形的大敎室多間，是給年輕的學僧講授國文、史地、數學，以及佛法的地方。敎室外凹字中央的大片平地，乃是學僧作課外活動，打拳的場地。

如此巡觀寺院一周，是否已將寶光寺走完？出乎意外還有兩處不易發現的地方。先說厨房的邊門外，有一條架空的樓梯伸展着，像長虹横空，一直翻越過去直抵藏經樓後面，下梯處卽是倉庫地帶。另外的一條路，是通往寺外的「世外桃源」。

原來，鐘樓附近的牆邊，還開有一個圓洞門。此門出去向右轉，順沿客堂的外牆迄至寺院左路到底的牆邊，就會令你驚訝不已，一片不見邊際的竹林映入了眼簾，當地人稱它是「林盤」。茂密的修竹不下千萬株，漸行林內，光線昏暗，不見天日，然後循另一條彎折過去的小徑走出來，方向正對着藏經樓後面。到這裏，突然會感到眼前豁亮，一片平地的中央植有楠木數十株，枝葉疏落有致；樹與樹間絕無枝葉糾纏，自然的留有空隙，因此被稱爲「一線天」，林間小溪潺流，益增林盤的幽雅情調。

環境寧靜的寶光寺，蘊育着一個嚴整僧團的成長，又有高僧長老住持領導；宏揚佛教眞理，並以著論增益參悟，他們的福報太大了！然而，他們卻不是不關心世事的，由於時代風雲的變幻；由於神聖抗戰的發生，他們也配合了國家的需要，打破一般人誤認僧眾只顧獨善其身的觀念，他們在思想與行動上，所表現的精神貢獻，力量是不可思議的，也是特別值得加以禮讚的。

民國二十七年七月，四川省政府配合國家政令通令各大學一年級學生，接受軍訓集訓。於是劃分在新都區的兩個大隊，有關方面商借得寶光寺爲駐在區。因此有八個中隊的一千位學生，浩浩蕩蕩開入寺內。對寶光寺來說，增加一千人駐紮；並不算是難題，除四天王殿、三元殿、正殿、藏經樓、內禪堂、羅漢堂、齋堂不住學生外，所有的客房及寺內的走廊，全部佔滿學生「兵」。他們以布幔爲牆地舖作床，分配妥當後，感覺上毫不擁擠，而殿與殿的中間空隙，則用蓆棚搭蓋，分割爲四，權作教室。曾任臺灣省政府主席的，黃杰將軍，就是當日集訓時的總隊長，亦常往寶光寺隊部巡視及訓話，並予集訓事宜以重點指導。

年輕的大學生，仍像孩子似的調皮好玩，他們在寶光寺的三個月中，眞可說是身心愉快；他們跟寺僧搗亂，也跟大隊長們「捉迷藏」；然而涵養有素的出家人，並不以他們的調皮爲忤，負責訓導他們的教官，以愛心改變他們。因此直到離開寺院爲止，僧俗兩眾都留有良好的印象，眞的是阿彌陀佛，皆大歡喜。

爲了遷就集訓的管理，寺僧的生活課表只好變動。自動將早課移後一小時半，學生兵的起床號一響，僧眾們已到正殿排列肅靜，同時鐘樓上也響起鐘聲。接着正殿內由「維那」領導開始唱偈誦經，迨至維那師的小磬輕擊，經聲戛止。這情形學生看得分明，聽誦經也學會了音調，於是每當正殿的梵音唱起，附近的學生便立刻「附和」，有的人把嗓音提高，像京戲裏唱倒板一樣，這樣一領「引」，以致全寺各處正在穿衣、漱口、洗臉、整內務的學生，風起雲湧般的「合唱」起來，雖然他們不知經文內容，但是音調學得十分逼肖，一時之間，整個的寶光寺內，萬聲禮佛！不管他們是否也信仰佛教，可是佛說人人皆有佛性，讓他們多喊幾聲「南無阿彌陀佛！」不已接近佛法了嗎？

夜間，學生是十時熄燈就寢，熄燈號前十分鐘，照例有值夜的寺僧二人，手持鐸板、邊走邊敲，全寺巡邏一周，以策安全；同時還唸着：「阿彌陀佛！」及至最後一站，是到西北角的禪堂前，用力的再敲兩下木鐸，示意鼓樓上起鼓，而同時集訓的號音甫止。時間配合並無衝突，然而有的嗜睡的學生早在號音前就寢，他們不願木鐸的聲音吵擾睡眠。所以常常包圍值夜的人，不准他們擊碰木鐸，寺僧連不迭的請求：「阿彌陀佛！讓我執行任務。」學生們阻攔不休，持鐸者只好趁一個空隙，趕快敲兩下拔腿便跑，他們也不追鬧，只是笑過一陣不了了之。

集訓之初，出操上課的情形良好，但不及一月，便逐漸有人違犯紀律，出操及上課的人數，時常相差很多。兩位大隊長緊急召集八位中隊長，以及區隊長們，來一次聯席會議，商討訓導對策，最後經議決通過；每一中隊再增加巡察一次，共多八位人員，一起聯合工作，執行的主要出務，是尋找「逃兵」，把他們請回來。

巡察官們，於是有了大「逛」寶光寺的機會，他們東奔西闖，像劉佬佬逛大觀園；在寺院裏走「迷宮」，如此走上幾天，才把路線給摸熟了，竟然熟悉寺內的地理，因而也加強「追捕」的績效。

在正殿中，許多學生熟睡在蒲團上，鐘樓上也躺臥着一批；學僧上課的房背後有人在看小說，連那條隱避的樓梯上，也躲的有人。把他們帶回來，清點人數仍然是不够，顯然還有「散兵游勇」，大隊長靈機一動：對了！莫非私出寺門跑到新都城玩去了？於是幾位巡邏官便在新都城內，最有名的袁么舅燒鴨店，找到一大夥子人，他們喝着四川大麯酒，瘋瘋傻傻玩得正高興。

於是，加強了寺門的警哨，每天嚴格的清點人數，奇怪？仍然沒有到齊。大隊長無奈只好請教寺僧，請問是否另有可資躲藏的秘處，結果才知道還有一塊林盤地區。

當他們行至林盤時，簡直驚奇極點；不但從未目睹如此廣袤的竹林，更沒想到那裏匿藏着近二百名「逃兵」！瞧他們多夠享受，有的躺在林間聊天，有的則玩橋牌，還有的又唱又吃，更多的人手持小石子，向遠方的竹幹抛擲比賽瞄準，以致林中有許多竹枝折斷的殘痕。不得了！大隊長又急又火，通統被「抓」將回去，本來不到最要「關頭」，不願輕易談處罰，但至少也要來一次嚴正的訓話，於是大隊長召集全體，很沈痛的對大家說：

「來到寶光寺已經許多天，你們可曾留意到，這寺院裏磕頭碰腦只見你們在熙攘，人家寺僧也有三百多位，見過他們在院中亂走的影子沒有？他們起居有定時，做功課有定時，生活非常有紀律，所以人家參悟道行，才會有進步。瞧瞧你們這批受高深教育的大學生，如何？你們也過的團體生活，怎麼就不如僧眾那樣講規範？就以吃飯這件事為例，大家都見到了，他們入膳前必將袈裟穿好，如着大禮服，然後肅敬的走進齋堂，由始至終不見一個人說話，那像你們那樣亂吵，如進茶館酒肆？在這一片『淨土』上，你們耳濡目染，眞的無動於衷嗎？……」

自從林盤的「秘密」被寺僧洩露，學生兵懷怨在心，正想對寺僧們搗點小亂以資報復，但聽過大隊長剴切的訓話，眞的他們覺悟了，不再胡鬧，自動維護寺內的淸潔及秩序，出操上課時，沒有人再願浪費光陰而行缺席，逐漸的，集訓的「功能」從他們身上表現出來，直到三個月過去結訓那一天，他們拔營告別寶光寺的時候，有許多人徘徊在幾座大殿堂的外面，不勝依依之情，更有的到正殿向佛陀行禮，口中唸着：

「阿彌陀佛！我們要走了，請保佑大家，再見了寶光寺。」

「永恆的歌聲」

西北之旅

在學生時代，加入合唱團時，就深爲喜愛「玉門出塞」這支歌。不只因詞雅曲美、含有救國的忠忱，同時也被歌詞的意境所吸引，您且聽：

「左公柳拂玉門曉，塞上風光好。天山溶雪灌田疇，大漠飛沙旋落照，沙中水草堆，好似仙人島。過瓜田碧玉叢叢、望馬羣白浪滔滔；想乘槎張騫，定遠班超。漢唐先烈經營早，當年是匈奴右臂，將來更是歐亞孔道。經營趁早經營趁早，莫讓碧眼兒射西域盤鵰！」

歌詞的作者羅家倫先生，曾經親履斯土，對新疆省有深入的認識與了解，如今羅先生雖已作古，但是他的碩學及愛國意志，將與「玉門出塞」同垂不朽！

每唱此歌，便爲含義警切的歌「情」所感動；它喚起我們中華兒女重視那一片列祖列宗以血汗耕耘出來的土地，也深記在一百七十萬平方公里的國土上，載負着我們質樸的同胞和豐富的物產；當我再熟讀新疆的地理，又在地圖上「旅遊」幾次以後，覺得有生之年如能懷着「西遊記」

的心情，去到國境西北的要地以廣見聞，該是一件樂事。然而卻始終沒有機緣，何況它是「遠在天邊」的地方呢？

然而我並未完全沒有機會，巧的是我竟有奇遇，以致達成了「一半」的願望。是很戲劇性的；我由西康「遠征」重慶白沙鎭就讀大學之際，中途在成都小住三天與家兄約晤一敍手足情，誰想竟然邂逅到一位緣訂三生的人，他是家兄的好同學，我們經過書信往還一年多，徵得雙方家長同意通訊訂婚，誰能絕對的說世上沒有一見鍾情的愛情？

他當時服務於航委會的航空研究院，我們文定之後，他卽奉派去新疆省伊寧，接任一所甘酪素廠廠長職。臨離四川，我們曾有小聚，約定了我的「精神」與他同行；他每至一地如有郵政卽隨時向我報導行程及見聞，如此一路行程結束，我也隨而遨遊了大西北，豈非樂事？

實際上，我這願望雖是達到了，他卻在俄人毒計嗾使哈薩克人土匪騷擾的情況下，經歷不少艱險和苦辛，所幸旅途近二十天終於平安度過，而我在所收到的函件中，摘其精華寫在日記裏，一直保存到今天。成爲很寶貴的親身經歷的資料，如今我們倆加起來也有一百一十九歲了，在結褵卅三年後的此刻，翻閱昔日的日記，眞有說不盡的往日情懷，並也爲我們美滿的姻緣感慰。

茲徵得外子的同意，顯將這西北之行的「觀光」記錄，貢獻給沒有到達我國大西北的朋友，並殷殷希望將來反攻大陸、收復失土之後，極盼有志之士與愛國青年、踴躍赴邊塞國防重地，去開發去建設，以造福國家！

中華民國卅三年十二月五日。

由重慶搭乘至哈密的連營車，途經川北各縣，及川陝公路各站後，到達甘肅省會蘭州，途程一共八天。這一路是舊地重「遊」，而且也是妳早已經過的路線，所以一切見聞不再贅述。

抵蘭州，即聞哈匪搶刼燬車、傷家行旅的事。比我們早一班的一行客車已遭地雷炸燬，且以機槍掃射打死三位旅客，後來幸有油礦局汽車經過，鳴槍數響，始將哈匪嚇跑，哈匪也有人受傷。

這消息固然不妙，可是我有使命在身，決心要勇敢的面對現實，即使龍潭虎穴也要一闖，請妳爲我祈禱吧！

在蘭州市上用餐，見飯館的料理臺上放着許多碩大的百合，個兒比洋葱還大。及至菜餚上桌，哈哈！每種炒菜裏都放些百合來配合，可知它的產量豐富。在內地吃到的小百合球根，吃後總帶有苦梢，而蘭州的卻一直很香甜。

這兒所用的秤是雙秤，亦即一斤是卅二兩。像這樣的雙斤秤、一斤只秤得三個大百合，妳想想該有多大？

這兒出產多種類水果，都是碩大健壯得可愛，其中有一種醉瓜，有段眞實的歷史故事，值得一提。

所謂醉瓜，實際上是哈密瓜的串秧兒種。種子係由哈密移植而來；但卻應了那句話：「橘生淮北而爲枳」，結出來的瓜變成只有排球那麼大，瓜瓤也不似眞正哈密瓜的厚實，吃起來有股酒味兒，故而得名。不過表皮上的筋絡網紋卻保留了哈密瓜原種的特徵。

民國卅三年，美國副總統華萊士由美赴歐，再由歐去俄，本擬由俄來我國新疆再往重慶。結果他接受俄人的指使，先往中國的陝北去看看毛匪，而後再赴四川。

華萊士從新疆抵達蘭州，招待人員以醉瓜請客，不想這「土」水果卻吃得他如醉如痴，大讚風味絕佳，從未開過這種「鮮」葷，於是決定帶瓜子渡洋留美，希望美國的人民也能吃到中國的美味瓜。（註一）

然後，華萊士由蘭州先飛陝北，接受中共各種預先設好的「樣版」迷惑與「洗腦」，他十分讚佩中共在陝北的刻苦作風，懷着同情的錯覺到了成都。

成都的私立華西大學，是華萊士在美的大學母校的姐妹學校，同是以牙科名滿天下。華西人士一見「校友」光臨，自然盛大歡迎，可是抗戰期間一般人都是吃的平價米，副食品也不豐盛，旣無上好的佳餚待客，權且以每人一枚白煮蛋沾鹽花吃，而示其隆重。

不料，華萊士一見竟大驚小怪起來說：「呀！你們不是在作艱苦抗戰嗎？怎麼還如此奢侈？居然有鷄蛋吃？我在陝北可沒見過……」其實他沒見過的世面還多呢；他可知我大後方民眾要排隊購買平價米，而好米完全給養前方嗎？類此一切爲勝利的種種克難與堅忍的精神，他可曾看淸過？

於是，華萊士返回美國之後，又把錯覺傳給美國政府，直到我們抗戰勝利已多年，美國政府都與我中央政府唱反調。這段眞實的故事，凡到過西北的人士都會熟悉，這就是中共的統戰伎倆。又可知我政府領導抗戰、復員及戡亂以來，遭受過多少外交上的阻力與打擊，我們大有為的政府又是如何的忍辱負重、任重道遠，我們全國同胞能認清這一層意義，當更支持和政府合作，才能救國保家。

十二月十日

今天抵酒泉，昨夜宿張掖。

有一段流傳的故事，說明酒泉地名的由來。

據說清朝時，左宗棠平了回亂，班師凱旋回到此地，適有欽差押酒到來犒賞三軍。其中有一罎酒是皇帝特別賜給左宗棠的御酒。左不願獨享，乃問左右人何處有泉水，答稱北門外有三尺見方磚砌的小泉池，左等前往，他將御酒傾下，與軍士們共飲盡歡，傳說該泉池此後亦香氣不斷，於是得名。

午餐後，有一段等車的「渴望」；必須湊到十輛以上成為車隊，始敢前進，因為哈匪作亂路途不靖，車多人多則氣勢較壯，大家稍感安心。

等車中，忽見廿多部移民車連續駛過去。原來這是政府體恤黃河流域一帶的戰亂不安，作有計劃的移民西北。移民們大多為河南省籍，每部車上都有國軍護衛，他們的吃住全由政府開銷，伙食很豐富，招待得無微不至。據當地百姓告稱，這樣龐大的車隊每天都有，而一路上去又有騎兵第一師的弟兄沿途巡查，加以保護。如此看來政府所付出的人力物力和財力，又不知凡幾？而政府爲了愛民不計一切的努力，於此又可見一斑了。

終於我們也結伴出發，一路順着長城邊沿走，直到嘉裕關爲止長城已到盡頭。再前行乃到了左宗棠詩中所云：「引得春風度玉關」的玉門關。

由蘭州出來，直到安西，一路上都可見到左公柳。因爲氣候與土壤關係，那些柳樹都是幹粗「尖」小，樹端被朔風吹禿，在十二月的寒風裏，在葉綠素不足的冬季，只有幾條稀疏的小枝枒，樹葉也變成絳紅色的了。遙想當年左宗棠治邊的辛勞與膽識，眞有不可抹滅的功績。

出得玉門關來，再經過安西的這段路上，開始令人提心吊膽了！哈匪慣於在此地埋地雷、放冷槍，我們還見到被炸毁的汽車殘跡。行駛在天蒼蒼野茫茫的硬戈壁上，倘如遠處發現有小隊人馬幌動，大家卽行緊張，不知是何路人馬。及至驚險消逝，忽有軍方的運糧車趕過來，我們的連營車便尾隨着駛進。

十二月十四日

到達紅柳圈、又經過馬連井子的時候，聽說那裏被哈匪殘殺二百多人。實因這一帶地形特殊，山山重疊、崗崗密集，許多山是從地平面上突然拔出，而山與山間曲曲折折，哈匪熟悉當地山形，躲藏偷襲自然稱便，而追剿的人一過去就似入了迷魂陣，增加許多困惑與阻力。因此經過此區的客商行旅，無不戰戰兢兢揑把冷汗。

再說哈薩克土匪騎着飛駝，「跑」步如飛，這種駱駝卽是木蘭辭中所說的「願借明駝千里走」的那種明駝，較之一般的「沙漠之舟」的腿力更健壯。

十二月十六日

來到猩猩峽，已屬於新疆省地界。再前行卽是往哈密及吐魯蕃的途程，這一段路，哈匪曾遠伺跟隨，後來汽車加足馬力超速行駛，哈匪乃落後逸去，我們也放下忐忑的心。

十二月十八日

在哈密，吃到了地道的原種哈密瓜。猛然看去很像特大個兒的西瓜，皮爲深綠色，一個瓜有卅多斤重，皮上有網脈，吃哈密瓜的切瓜法全與西瓜不同；如果不懂行橫着切開，就變成一隻空心瓜了，此瓜的瓜瓤不能吃，只啃食皮下的那一層瓜肉。

哈密瓜的滋味眞正香甜，好比香蕉加鴨兒梨的混合香味，水份忑多，非常適宜解渴。所以西北的遊牧人民，都在座騎的駱駝身上，帶着這種瓜，作爲水份補給。

因爲新鮮的哈密瓜無法郵寄，我買了做好的瓜乾，以及吐魯蕃出產的大葡萄乾，郵寄到重慶給妳嚐嚐，算是共享口福吧！

十二月十九日

妳讀過「西遊記」的，對吧？哈！我今天就到了古稱「火州」，而西遊記裏稱火燄山的地方

——吐魯蕃，可惜沒遇見鐵扇公主，哈！

這裏純是沙漠性的氣候，終年不降雨，所以最高熱度達到華氏一一八度。雖然這是十二月份，我們中午都要用冷水沖涼，可是早晨卻似春寒料峭，而晚間就又冷得要穿皮襖了。一天之中輪有四季，記得有人形容過綏遠的氣候說：「早穿皮襖晚穿紗，懷抱火爐吃西瓜」，在感覺上這裏也有異曲同工的情境哩。

吐魯蕃的地勢處在內陸海平線下，南邊是軟戈壁沙漠，純沙的土質，最宜種植西瓜、高粱、棉花。此地的西瓜不似內地稍帶橢圓，而是滾圓的圓「球」，一個瓜約五十斤，直徑一尺半左右。切這種瓜必須二人合作，抱穩後切開一人要扶住一半，倘使一人切瓜只扶穩一半，則另外一邊因爲「酥」脆沙瓤，一下子就蹦跑了，掉下地即摔得稀碎。

這裏的葡萄好美，既大且香。大多植在天山的山脚邊，分許多種類；青色的無子，有子的葡萄更大顆，一粒就有兩寸長。還有紅葡萄顆粒大得發光。另有無子的白葡萄，是專門用來製作葡萄乾的，這種葡萄乾始終不扁，保持圓鼓鼓的樣子，很好吃。這些葡萄雖美，但不能吃過量，因爲火氣太大鼻子會冒血。

當地的人，除了收成葡萄作爲食品外，還可到天山山麓的葡萄架下去乘涼，夜晚再下山回家。然而時序到了夏天，就必須鑽地洞去避暑。

十二月廿日

到達板城，天氣冷得徹骨，起先坐在車上擁擠着，並不感到寒冷，及至起立下車，啊呀！怎麼兩隻脚僵硬了呢？原來已到了攝氏零下卅六度啦！當地下的是硬雪，用脚踩着不會下沈的。我是北方人，懂得如何來治我的僵凍脚，我把襪子脫掉，抓一把雪抹在脚上，再用雙手來回的搓擦，直搓得血脈流通了，溫暖了，穿上鞋襪趕緊往屋裏跑。把呼嘯的朔風和白銀世界隔在屋外邊。

十二月廿一日

自從進入新疆境界，卽被一片黃沙萬疊山的景色吸引着。

妳記得中國國畫中，有一種石頭叫玲瓏石嗎？我告訴妳吧，這天山的山貌可眞是藝術「作品」，山石受到長久的風吹和腐蝕，山上的洞洞特別多，形狀姿態千奇百怪，大多變成了可以入畫的玲瓏石題材，可惜我的老照相機沒有長鏡頭，而且我也來不及作素描，只能擺在記憶裏，等將來見面時再畫給妳看吧。

十二月廿二日

達板城是新疆省南疆與北疆的「分水嶺」，地勢險要，也是從廸化通入南疆的一條險路。（註二）

因爲上午出發較遲，黃昏時才抵達廸化。廸化是省會，爲全省政治、經濟、軍事、交通、文化之中心，市面較其他所過之處繁榮得多。此地居民有十數種族，以維吾兒人最多。

我到此地，迫不及待地先去理髮、沐浴，將近廿天來的旅途勞頓與骯髒除去，頓感全身舒暢，不亦樂乎。然而一個不幸的消息也同時困擾了我，我無法赴伊寧去接事，那邊發生了事變，漢人被哈匪殺得奇慘，許多機關已被佔領，最糟的是我要赴任的甘酪素廠，已被毀壞、人員大多死亡，只逃出一位劉先生，如此我們二人只好暫留廸化，拍電報回成都航委會請示我們的去留。

十二月廿三日

聽說 蔣委員長下令國軍，要限期克服伊寧、平亂。今天的消息說，我軍已攻克果子溝前線，距伊寧一百廿華里，我們在企盼勝利的消息。

又有新消息，我軍捕來的敵人中，有哈薩克人也有俄人，還從一個哈匪的衣袋裏，搜出六隻人耳朵和一個鼻子，可知其殺人之慘。

我們住在中央銀行宿舍，遇見大學時代的老同學，承他們的熱忱招呼，我並不寂寞，我也去西大公園逛過，還拍了照片留念。在談天當中，使我了解許多當地的情況，以及新疆的出產，我現在向妳作一個並不十分完整的介紹：

伊寧的居民家家戶戶養牛，所以牛奶的產量豐富，故而政府在當地設置甘酪素廠，另外伊寧也出產皮革。

庫車地方出過歷史上一位名人，是我國千餘年前的大文學家兼翻譯家鳩摩羅什的出生地。庫車的名產除皮貨之外，還有不少農產品，像杏脯這種製作方法十分特別，脯乾之中保留着杏核，像吃完整的杏子一樣。

此外，新疆還盛產太多的東西，如金礦、玉石、鋅鑛、土鹼，以及無數的寶藏，若非如此怎會惹得俄人虎視耽耽？若非新疆的地大物博，引外人垂涎，羅家倫先生又怎能不有先見之明，提醒大家「莫讓碧眼兒射西域盤鵰！」

說到新疆的大鵰，順便一提。正常的哈薩克人，以遊牧打獵爲主，他們豢養的大鵰站立起來有四、五尺高，兩翼伸展時竟長丈餘，哈人打獵多騎馬上，架鵰的那隻膀臂要裹上皮套，在追逐野生的黃羊時，將鵰放出，屋然能抓回四、五十斤一隻的黃羊，哈人喜歡養鵰當然是由於生活的需要。

一月廿五日

現在我要結束西北之行的報導，伊寧方面的戰事仍未解決，而我已得到航委會來電，着即返回四川另有工作，回去的旅程將不走河西走廊，而是乘飛機直飛蘭州，再轉成都。

由於伊寧事變，我雖未如願到那裏工作，貢獻所長，但是國家給予我公費，得以遊歷大西北，增長諸多見聞，又更見中國廣大的國土上有如此可貴的「財富」，眞爲自己國家的偉大而驕傲！可是侵略者的脚爪，已一步步伸展來到這裏，實在令人心裏感受沉重，我們非努力維護不可！更不要忘了：

莫讓碧眼兒射西域盤鵰！

民國卅四年二月離廸化前一日

附註：

一、當年被華萊士先生携回美國的醉瓜種子，居然在彼邦生長蔓延了，而且又回到了祖國臺灣。當此瓜又由美國「回歸」到臺灣，大家竟然稱它是洋香瓜，其實它原本那裏是洋的？根本是中國的，豈能忘本？

二、如今的流行歌曲，有一首叫「杭州姑娘」，可是歌詞裏卻又唱達板城的姑娘如何如何？杭州距達板城路途可不近呢，是否歌詞錯弄了地方？

民國六十八年十月一日在臺灣

婦友月刊

浪跡天涯話童年

在四代同堂的老家，我是同輩中第一個出世的女孩子。母親對我說過，我出生第三天，祖母高興的親手爲我穿耳朵眼兒，口中還說：「千打扮，萬打扮，不戴耳環不好看。」外婆還遠從柳條邊趕到瀋陽，一見到我就自豪的說：「瞧！這丫頭長的多像我？」後來跟隨哥哥上小學時，給他增加不少厤煩，可是他總是說：「妳是咱們家的大姑奶奶，寶貝嘛！」祖父常携着我遊清故宮，東陵、北陵，還有小河沿，玩得好暢快；我要買新鞋子，祖母陪我去大公司挑選，每次都按照我的愛好決定，父母親教我認方字塊的時候，每當我表現佳績，他們就十分高興，我如此被愛，實在不缺少甚麼了。

只可惜好景不常！「九．一八」之夜驚魂的槍砲聲，劃破了我們生活的完整和快樂。我永遠也忘不了爲了防備流彈，在舖了毛毯的地上、抑不住全身打抖，連牙齒也上下不停的相磕。我和妹妹緊緊依偎着母親，但仍然抖得厲害，家鄉的九月已有寒氣，然而我並非爲的寒冷，只是覺得好恐怖、好害怕！一片黑漆中，聽見父親低聲對母親說：唉！我們怕要做亡國奴了！唉！……

經過一夜煎熬，對不可知的未來又無法預卜，我們一夜不曾閤眼。次日天亮槍聲停息，四周有出奇的死寂，我跟哥哥到前院樓上，從窗帘縫隙中望去，只見往日崗警已換成日軍，鋼盔發光兇眼逼人，不一刻有一大隊荷槍的日軍路過，皮靴礚！礚！礚的聲音，好似重踏在我稚弱的心靈上，覺得好疼痛好絕望！

後來街心的摩電車也照常出動了，車廂外邊貼滿各色標語，說甚麼「維持東亞新秩序」，「滿洲國萬歲」……。陷落約一週的時候，我們獲「官方」通知，一切都要恢復正常，孩子們該去上學了，然而眞是正常嗎？一到學校，老師就緊張兮兮地告誡我們：「如今是滿洲國了，再不能提中華民國的字眼！路上經過崗哨要向日本皇軍行禮，知道嗎？」

音樂課上，老師說「上邊」要她教唱指定的歌。我聽得懂那歌詞，是亡國之音。日本侵略我們，還要我們歌頌他，眞是世界上最不講理的事了！最難忍受的是，日本教師要我們讀日文，但是我對那種發音粗魯難聽的語文，十分討厭！日本教師打過我好幾次，我也罵過他，也曾在訓導處挨打手心，因此我常是哭着回家。長輩們十分痛恨、更心疼我，但卻又沒辦法。

父親服務的銀行界，全被日人操縱，那種在矮簷下求生，失去人格的情況，快使父親發狂了，他要求祖父母率我們全家入關、投奔自由。是時年高的曾祖母已經逝世，祖父母聲稱年老不願離鄉，我伯父是瀋陽城南六十里老家鄉下的鄉長，「九．一八」事變慘遭日人殺害，所以我伯母及堂弟要照顧墳墓不肯離鄉，我叔父母一向是依戀祖母的，他們願意留在祖父母身邊，這樣我父母始感放心，千叮萬囑託他們悉心侍奉，並不時要給我們信息。我哥哥是長孫，暫伴祖父母膝前，代父親盡孝道。於是我的雙親在莫可奈何的心情下，帶我們姐兒倆遠別家鄉！當時我八歲。

火車馳騁在河北大平原上，同車共難的人都像掙游過險流，到達了淸淺的水邊，舒展了心懷，好安心的睡上一覺。次日到達天津，因爲父親有事待辦，我們跟着躭擱了兩天。及至有一夜車抵北平車站，我的幾位世伯在迎接我們，已代訂好住處，是前門外一家旅館。

母親因思念我哥哥，時常抹淚，父親怕她悶出病來就安排了不少的娛樂節目，讓母親解憂。我們經常逛三海公園，遊頤和園，上八達嶺，去天壇……聽名伶的平劇，直到三個月後，父親往內蒙工作，我們始離北平乘平綏鐵路赴察哈爾省的省會張家口，後來改稱爲張垣。張垣是我國漠南的大都市，同胞是漢、蒙、藏雜居。又因爲當地出產性能優越的名馬「口馬」（「口」張家口也），所以街上不斷有騎馬馳騁的人，我與妹妹喜歡那裏的新奇好玩，常跟同學爬上童山濯濯的大土山，去聽專司人員燃放午砲，告訴人們十二點到了。我也曾跑到城東北；魚兒山的大境門，去看有名的騾馬市場風光。那兒的馬眞是雄駿漂亮，可惜我不敢輕易試騎，據說國軍騎兵隊所需的馬匹，便是委派專人到口外選購的。

由於長城之戰情況惡劣，日軍將要進攻南口，以致長城南北極顯不安，父親因而辭職，呵護我們再回北平。臨行前母親購買一些當地特產口蘑，（菇類，粒小而圓，味極醇美。）及純羊毛製品，以便分贈親友。

重臨北平後，我們住進一所公寓，度過半年的美好的日子，春天則去中山公園觀賞牡丹，夏天時常在北海公園賞荷，秋天持螯賞菊、騎小毛驢上西山賞紅葉，多天便去西來順大嚼涮羊肉。我們也趕廟會看熱鬧，也去花會觀賞手工人造宮花。總之無論精神物質，我們均已飽饜無缺。而母親最高興的是，我哥哥即將初中畢業，不久將入關與我們團敍。

第二次離北平，是因父親應友之邀，推薦給一位袁縣長任主秘。我家與袁宅萍水相識，而後相交有數載，我父親是位宵肝從公極守信義的人，理該彼此就親切如家人，然而事實正恰相反。

袁之爲人十足官僚，剛愎而又霸道，他當這個縣太爺，只享權利不盡義務。他「抓」住我父的「長處」，好話說盡後而倚重之。他看透了父親鞠躬盡瘁的作風，所以他不時倦勤，每年夏天必携夫人往北戴河避暑，也經常去石家莊度假，這種官兒當得輕鬆愉快、並也斬獲豐富，相形之下我父親變成「我不入地獄，誰入地獄？」他要處理公務，要召集部屬開會研討縣政；兼做承審司法人員問官司，還要騎馬下鄉去犯案的現場勘查。記得有一次槍決三個大盜，適巧縣長大人又「野」出衙門去了，我父親爲了用朱砂筆畫刑的事，回到家好幾天都難過得寢食無心，這種種的積勞與情緒受挫，終致吐血！我們全家驚恐萬分！然而還有更甚於此的意外呢！

那個時代還有橫行江湖的大股土匪，打家刼舍，我們常聽有關土匪的故事。卻沒想到眞眞遭遇上了；那是在井陘縣與故城縣發生的。這兩次都是百多匪人攻城，眞巧透，縣大人均在外埠未歸。我父係一書生，居然發號施令召集當地保衞團隊守護四城，他自己冒險持槍登城與匪酋答話。及至禍亂過去，省政府頒下嘉獎，獎狀上赫然是袁某的大名，還記了大功一次！奇怪嗎？不奇怪，因爲父親報備此事時，是把功勞「餽贈」給袁的，父親作風大凡如此。

倒是我和妹妹，竟能「趁匪亂」與一部份眷屬逃到鄰邊的山東德州，大啖其特產巨大的甜西瓜，也忘了母親會如何的焦慮，我們在當地玩得很開心，畢竟是童心未泯呀！

眞感激我的父親，他百般操勞，但從不忽視我們孩子；查問功課，敎讀古文，吟誦千家詩及唐詩，週末帶我們爬山，摘野棗，找野地的小花朵。我養蠶玩的時候，他陪我摘桑葉。縣裏偶有唱野台子戲的演出，允許我由大人帶著去聆賞，那幾年我聽過太多的河北梆子與蹦蹦戲。在我心目中父親對我姐妹管教雖嚴，但卻十分慈愛。因此他從政那幾年，每見他忙累得焦頭爛額，我心裏好悲酸，倘如他下鄉視察數日才得歸來，我便會拉住他委委屈屈地哭！

鬧匪亂的事，使父親對袁某失望，沒有「法術」可以感化他，父親決心辭職回北平去。偏巧縣長缺席，父親的辭呈只好向省府上報，就在等待期間，一件震驚中外的蘆溝橋事變發生了！

野心的日本軍閥，又製造事變侵略華北，七月七日早上我們收聽到晴天霹靂般的消息，眞有難抑的惶恐！接着壞消息不斷傳來，宛平縣失陷了，北平也危機重重；我們聽多了日軍慘無人道的獸行，直嚇得魂飛魄散，父親憂慮着女兒的生死安全，卻因爲他必須肩負縣政，又要以人力物力協助駐軍修築工事。袁既不回來、他就不能擅離職守。

老實說，兵荒馬亂之際，敵砲已在卅里外咆哮着，老百姓大多逃難走了。爲甚麼不能顧一顧自己？可是父親堅持做人就是這樣才對。

正在叫天天不應時，我哥哥化裝成運煤的工人，逃出北平，繞道門頭溝再輾轉回到家來，父親見他歸來非常放心地交代說：「你要像個大丈夫，勇敢地伴護母妹逃難去，路上如遇敵機轟炸，不管是誰死，生者如來得及挖個坑便予掩埋，否則自去逃命。我祝福你們都能渡過黃河，到達陝西，我的安危你們不用擔心。」

父親不顧我與妹妹抱住他哭叫，硬起心轉身回衙。一位趕牛車的車伕，勸我們趕快啟程，怕敵人打過來白白作犧牲。只是前路茫茫，能向那裏逃才有生路呢？眞箇是：借問行人何處去？連天烽火正殷紅！

後來車伕建議，先到較近的長壽縣車站去碰碰運氣。一路上牛行蝸步，又遭遇兩次敵機俯衝機槍掃射，我們跑到泥田裏伏臥，敵機逸去後，仍帶着驚惶的心情，終於抵達長壽了。

不相信自己的眼睛嗎？那是事實啊！火車頂上都擠滿了人，上不去車的呼天搶地，一片嘈雜；還有更可怖的，四面八方都有退下來的傷兵，一陣陣呼爹喊娘，這樣場面都把我們吓傻了，當然也絕對沒有希望搭得上火車。

夜半時，母親請車伕走回頭路往獲鹿縣車站去試試，說不能坐以待斃吧？車行途中，忽被黃土溝把車輪陷住，大家下來推車又擔擱不少時間，牛車搖搖晃晃，好不容易在天亮時到達獲鹿車站，天啊！情況竟與長壽車站一樣！到處是蜂湧而至的人潮，火車同樣也是最後的列車！

母親一見此景，不再躊躇，她打發車伕回縣向父親銷差，不知那來的神力拉住我們像衝刺一般硬行擠到沙丁魚似的車廂。由於人多超重車行緩慢，我們足足站立了大半天，下午始到達山西省的楡次。從擁擠的下車口無力的走向月台，對那行駛在正太鐵路最後的一列班車，作留戀感激的一瞥，然後趕緊先找飯館吃個痛快，我們已經受了兩天的饑寒，逃亡路上吃喝都變成了可有可無的事情了。

我們租到一間房子暫時喘息。哥哥連跑十天車站都沒法子買得到火車票，難民麕集一片混亂，母親憂急成疾，病倒了！我們三個孩子圍著她淌淚，一籌莫展。幸而房東請來中醫診治，三天後母親已大好，她下令我們收拾行李，把房子退掉，即使是步行，也要走到黃河邊，不能再守株待兔。

先至車站問票仍不得要領，忽然警報聲響，我們急急跌下月台，往郊野樹林中奔去，伏身地上聽見震耳欲聾的爆炸聲，不久敵機逸去，只見城中上空火烟冲天。妹妹嚇得臉色灰白，全靠哥哥拉著跑。正行進間，忽然一件奇蹟出現了！

一位軍官擦身過來，對母親說：「這位太太，聽口音你們像是我的同鄉——東北人？」母親稱是。他說是要過黃河嗎？母親乃告以來楡次已快一月，車票無着落，正想步行走向風陵渡去。軍官一聽立刻抽出名片說：「明天有我們五十三軍的子彈車開赴風陵渡，準備作黃河的保衞戰，你們就坐在子彈上面走吧，遲了恐沒有機會，六十里外的太原已經很危險了。」

千恩萬謝，都不足表達我們的感激。當日倘無他的救援，我們雖然能步行到黃河邊，說不定中途已做了日機轟炸下的亡魂，我至今回憶這段奇遇，只有衷心的祝禱恩人長壽，雖然我不知他在何方，或者是已陷身大陸。

當我們懷著忐忑的心情坐在子彈車上，眞擔心一聲爆炸就不知所終矣。幸好護車的國軍十分小心，及至在風陵渡下車後，黃河上的大木船擺渡，正忙着向對岸的潼關運送過客。我們在黃河邊坐了一夜，算時間已是中秋時節，寒風陣陣，使人覺得淒涼，無情的明月高懸在奈何天上，我忽然若有所悟，想起父親教我讀詩的句子：「君不見黃河之水天上來，奔騰到海不復回……」，「念天地之悠悠，獨愴然而淚下。」我把這種感受對哥哥說，他囑我不可大聲，母親聽見了會更難過的。本來嘛，河北已經失守，山西又不保，父親在那裏呢？

天亮了，才輪到我們上船，及至踏上潼關的土地，數月來首次見到國軍的飛機，我們跳起來流着淚歡呼！第二天乘隴海鐵路火車去西安。車身緩緩行到站上，我看見金碧輝煌的高大車站，睡眼惺忪地以爲是北平的皇宮。我們在中正路的一家長樂公寓賃屋而住，等待父親的消息。

西安城內充滿戰時氣氛，寬大的馬路中央，等距的修築了防空壕，逃難的人羣把空氣擠得熱鬧起來，旅館似乎都客滿了。公寓對街上是有名的遊藝場，長日無事，母親准許我們三人前往聆賞當地的地方戲秦腔，還有河南墜子和其他的地方曲調，我沒有入學，一切要等待父親到西安來始能計劃。

有一天中午，茶房過來告訴說：「有一位『老漢』找你們」。哥回說：「我們是人地兩生的外鄉人，沒有熟人的」。茶房說：「他也姓朱哩」！這一下我們全跳起來往外跑，正與對面走來的父親撞上，我們抱住他大哭！堅強的爸爸也流淚了。

滿臉于思，形容憔悴，一襲褪色的長袍，這就是往日注重衣履整潔的父親？父親敍述他如何接到省府指令撤退，如何跟隨省府一再遷徙，又爲何在國軍十九路軍的軍法處，驚遐袁縣長被捕，又爲何不計舊惡爲他的假釋奔走，在多次的敵機轟炸之下，父親屢由屍體堆中爬出。總之眞是萬幸，在西安我們又重晤到父親。

父親率我們遊覽過西安一帶的名勝古蹟，也嚐過當地的泡饃與多種形式滋味的麵食，就結束了半年多的西安客居生活，聯絡上兩位老朋友，結伴到四川去。這一次的「旅行」心情絕然不同，既無敵人追趕飽受威脅，又有父親同行，抗戰以來我們難得如此的快樂。

行經川陝公路上，歷史古蹟處處有。我自小學三年級起卽嗜讀章回小說，三國演義裏的「讚曰」「詩云」我最喜背誦，其中故事當然熟悉，所以這一路上，忙着作歷史印證，見聞增廣精神更佳，回想「失」去父親的逃難生涯，哀哀如離巢乳燕，眞像做了一場惡夢一般。

這一段不尋常的遭遇與痛苦，牢牢地刻在我童稚的心靈上，直到如今以中年人的心境，回憶這段往事，還忍不住揑一把辛酸淚呢！

快樂家庭月刊 六十八年十月

論敍篇

讀滾滾遼河

中副長篇「滾滾遼河」，刋完之後，我不禁撫報長歎，像從一場噩夢中甦醒過來。這一眞實故事，以東北遭受日、俄、匪三度殘暴的統治爲背景，而貫串着東北愛國青年堅毅的行動事實。那批純潔典型的青年——覺覺團的同志們，以抑鬱憤懣的血氣，化爲激厲奮發的英勇行爲，讀來就如經過一場感情的風暴，故事終篇時，我爲之悵惻者久之，眞有所謂「無邊落木蕭蕭下，不盡長江滾滾來」的感受，何況人情同於懷土，怎不爲東北那塊可愛的國土，以及那兒的父老兄弟姊妹而流淚，而悲憤！

小河沿、大帥府、東陵、北陵……凡是到過瀋陽的同胞，誰不熟悉這些名勝地？然而在「滾滾遼河」中，它們已失去往昔的安寧，在侵略者的淫威陰影下，它們是愛國青年志士，冒生死之危策劃並聯絡工作的臨時落足地。雖然如此，他們依然穩如泰山，無懼於失掉生命或自由，以決然的攻勢，表露他們熱愛國家鄉土的赤忱。到最後，他們各自選擇了正當的「歸宿」；成仁、取義，向他們忠誠依戀的國家民族「交」出他們所應該交出來的！覺覺團的同志，有至誠至性的心志，有不屈不撓的精神，這些光輝的人性發揚，是我們所欽敬的，也是血性青年所當借爲楷模的；他們的正氣，可以化頑起懦，在今天我們亟需戰鬪文藝，激發民族自信心的時代裏，「滾滾遼河」以其眞實的情感與景物，與讀者見面，正切合時代的需要。文中充塞活躍的生命力，熱烈而昂進；它的文字帶有濃重的民族氣質與感情，凡讀過它的，必能發現它的特點。

我不認識作者，但我得知他是一位仁術濟世的醫生，在年輕的時代，獻身革命工作，歷經滄桑，中年以後，仍堅守自己「崗位」。他自謙地表示：「……我們也曾用自己的生命寫歷史，用自己的血寫過詩，而現在的我，卻祇能用拙劣的文字寫故事。」

我覺得在他的作品裏，多的是遒健明快的詞句，有的地方使我讀來像朗誦一首悲壯的史詩，而它的故事，在整個中華民族青年愛國的運動史上，自有其繼往開來的重大意義，所以，這個故事並非一個尋常的故事。

全篇文字，沒有堆砌雕琢，沒有僞飾造作，更沒有自炫與矜傲，縱然作者已往不是作家，但他卻能下此決心創作充滿生氣的作品，可見作品價值的高低，自不能以其是否出於作家之手而予以估計。「地下工作的血淚史，不應永久被冰封。」由於此一意願，作者以三年時間愼重構思，字斟句酌，創作出主題明晰、感情眞實的滾滾遼河。

行文中，有許多動人心弦，引人深思的句子，曾令我一讀改容，再讀流淚，這不僅僅因爲我這個讀者，正是萬里他鄉常作客的人。爲了奔走革命，他們寧失天倫的聚樂，當讀至作者向黎經理打聽「我大妹長多大了？」便禁不住鼻酸。作者在大妹十二歲時離開，革命工作佔有他全部的心神，已無從記憶他的大妹究竟是十七歲，還是十八？這好像一句並不特殊的問訊話，然而仔細品嚼文中的含義，誰無骨肉手足，誰不企盼父母俱在，兄弟無故的天倫歡樂？

「葬故人」，寫的是爲工作而罔顧愛情的悔傷「……葬故人，實實在在是葬我自己——，我自己的那份感情，……在那墓碑上寫出我爲她撰的七字碑銘，曰：『革命誤我我誤卿！』」又如詩彥所說的：「工作最緊張，環境最惡劣的時候，不該考慮兒女私情。」這種匈奴未滅何以家爲的明智，不能單看文字表面上的青年男女的悲歡離合，它使人油然想到一段銘言：「黃金誠可貴，愛情價更高，但爲自由故，兩者皆可拋！」

「爲了革命不願悲哀，不敢哭。」「……我幾乎想去仲直的寄骨所痛哭一場。但我勉勵自己：『明日再哭，今日還不是哭泣的時候！』」所以在「遼河頌」中，他們以遼河自喻：「我們從不訴說我們遍體的創傷，我們不改變我們飛躍奔騰的方向。」當詩彥的父親在上海遇見作者，問他說：「聽說在此地獄中很受了些苦頭。」他回道：「現在都不值得提了。」在大我情勢的變亂中，爲信仰而犧牲小我，個人的生死榮辱安足論？

再看：「東北，偉大的東北，自從俄大鼻子和日本小鬼，先後侵略中東鐵路與南滿鐵路，交又成一個不祥的十字架後，東北同胞便開始了十字架上的苦難命運。但我不記錄他們的悲傷，我不訴說他們的痛苦，我要報告他們永恆不息的奮鬪，我要讓全世界知道，這是塊不容侵略的土地，在這土地上生長着不可奴役的人民！」

這些豪壯而沉痛的言詞，包含着多少國仇家恨？作者沒有辜負他自己的刼後餘生，在這個血火流光的大時代裏，他鼓足勇氣，以充沛的氣勢，向同胞們呼喚、提醒，正所謂「一枝毛錐十萬軍」，寫出他的恨，他的愛；也是我們的恨，我們的愛，更有我們的責任！

「許多同志拿着中蘇友好條約，全身發抖，滿面流淚，把我們想維護東北主權完整的理想撕毀了！」是的，全中華民族的仇恨，必由全中華同胞來洗雪！歐凱同志一面走，一面感歎地說：「父抗日，子抗俄，百年大計。」是中國人，是熱愛民族宗邦的人，誰不肩負雪恥重任？誰能忽疏職守？「滾滾遼河」中，類此暮鼓晨鐘般的警句，往往使人熱血沸騰，激動不已。

至於羅雷同志，以及負責人同志，他們寫給作者流露血性至情的書信，我只覺得哀而不怨、甚於痛哭，它們不比「出師表」與林覺民先烈的訣別書遜色，原信文長自不便在此贅述，但它們給人的印象同樣是深刻而動心的。

在中國歷史中，每於朝代交替變亂之際，都出現一些大節懍然的忠臣義士，他們的事蹟光耀史册、勉勗來茲，而愛國的文人詩人們，曾創作出偉大感人的篇章；指示人生、闡發正義，尼采說：「一切文章，余愛以血書者。」正因爲以血書的文章是眞實熱烈的！

「滾滾遼河」的作者，以血淚書成這個眞實的故事，在作品中將自己再現，他的感受必是十分快慰，他對自己的願心交了「卷」，而我們廣大的讀者羣，亦將由於閱讀這一部嘔心瀝血的佳構，獲得文字以外的東西；加深時代的認識，激發時代的精神。更重大的發現是，我們將會問自己：此時此地，我們對國家社會應當「交」出點兒甚麼！

中央日報

現身說法

時光逝去如飛，當年曾在我懷裏泗過「自來水」的乾女兒，轉眼已是×大學國文系的畢業生，卽將爲××國中的國文教師。

小妮子眞乃有心人，趁暑假的最後幾天來家小住，藉以向我討敎，預作心理準備，俾免正式上課時會緊張無措。對於我這位同行的接棒人，我以萬分喜悅的心情歡迎她，並願儘我所知，將我的國文敎學所體驗到的，提供給她作參考，雖然我非專家學者，見解也不一定高明，但是對她來說，多少能有所取法也是好事。

記得她剛考取大學時，我們曾將由北平攜出的古銅墨盒，贈她藉資鼓勵。而今她已變成學士，卽將加入敎師行列，從事這古老而尊嚴的工作，我只覺得爲她驕傲！卻苦無適當的禮物送她，權且就以「現身說法」作爲衷心的賀禮，並也與之共策勉。

乾女兒首先提出一個似是平凡、卻又頗不平凡的問題：怎樣才像一位敎師？

對此問題，可謂見仁見智，各有「答案」，而我的見解則是，一位像教師的人，永遠都不疏忽嚴於律己，包含內在的修養與學識的進修兩方面。

滿懷熱忱、寬大公正、品格清高的教師，必能以爲人賢父母的心情，去教導愛護學生；以正常的生活規範去創建青年人的新精神，在與學生的交誼活動中，去發現他們的問題與意見，並予合理的處理。這方面我自己無法見其績效，但是我曾盡心去嘗試過。

那年我教的高三×班，有位相當漂亮的女生，突在畢業考試前一週，哭着找我訴怨，表示因爲某種煩惱，想要立即輟學。她的話使我驚怵，便追問原由，針對她的「情況」再三開導，勸她不可憑意氣用事導致終生遺憾，最後她仍堅持己見，我力圖挽救，鄭重的告訴她：「假使你還把我當做老師，就不要做功虧一簣的傻事，算是爲我去參加考試好不好呢？」

後來她考取大專，滿懷感謝的來看我，我對她已往的事一字不提，內心只感到快慰。

又有一位女同學，總是在上課時精神不振，無論上午或下午，每見她愛打瞌睡；她的面色泛黃，人也清瘦，於是我懷疑她腸中有蛔蟲作祟，催她趕緊去覓醫診治，她同班的人曾爲此事哄笑，認爲我這國文老師還兼做「蒙古」大夫，可是事實卻證明我猜得不錯。她打蟲之後已逐漸恢復健康，臉上也綻着笑容。不久前她班上慶賀畢業十週年，結夥來家與我歡敍，我見她已成白胖胖的少婦，且有了一雙兒女，眞爲她慶幸。有人又提起她昔日的「病蟲害」，逗得大家一連串的嘻笑，哈！

凡此種種可能發生的事故，廿幾年來已不知經歷多少。當然，在處理偶發事件的過程中，難免不遭受困窘、苦惱，以及激動與疲累；然而既為教師，卻不容氣餒，只能加倍忍耐，堅毅而機智地面對事實。如此經過多少努力與「戰鬪」，所獲致的「戰利品」，適足證明自己已夠資格從事此一高貴的工作，而且與學生之間的情感亦日益增進，彼此在多少年之後，仍保持忘年之交，豈非人生一大樂事？

再談啟廸知識方面，教師本身如欲防止自己的思想落伍，見解陳腐，則必須恆久的進修；不僅憑教課書的範圍為對象，所謂教學相長與教然後知困的意義卽在此，教師不希望學生讀死書，自己又豈可教死書？

在不斷進修的「學」與「思」中，求新求變、輔助教學，選擇運用存乎一心，自能提高學生們的學習與趣，培根曾經這樣說過：「故事裏帶一點說理，問話間摻一些意見，笑話中夾一點正經話才好。否則同樣的話聽太多了，便會感到厭倦。」

我永不忘記廿年前，在南臺灣某中學初執教鞭時的教訓。當時在老前輩的教師羣中，我這廿幾歲的小教師，被視為黃毛丫頭。有一次教務會中討論課外閱讀輔導的事，及而提名選舉負責人，當我的名字被提出時，校長馬上說：啊！×老師年紀太輕尙無經驗，改提別人吧！

我不是喜好強出頭的人，也明白自己初出茅廬需要學習的地方太多，然而校長的話，使我有被侮辱的感覺，我幾乎流出眼淚，咬緊牙關告訴自己：我偏要你看得起我，我會做給你看。

如今廿幾年過去，我從黃毛丫頭蛻變爲「老前輩」了，我回溯已往，眞有說不出的感慨，感激那位予我「針砭」的校長，如果沒有他的激勵和「打擊」，我後來能養成愛鑽圖書館的習慣嗎？能擁有幾十册閱讀劄記嗎？我能……？

乾女兒聽得咋舌，已然明瞭教師「條件」之高，倘能從教中學，成德達材，才不辱教師的清高，但我相信她必能成爲好教師，由她勤練書法而今寫得一手好字看來，她必能做到。

她的第二個問題，是教學方面的種種切切。

這問題包含的子題頗多，似乎無法分其先後次序，只能就其犖犖大者，隨想隨講。在國家全面實施革新的進步環境中，教育方面的成就已在逐步顯現，我們身爲教育工作人員，自應配合求新求變的原則，再不能以注入式的教學來「規限」學生的思想，多用啟發的方法，讓他們有發表意見的機會，多與學生相互研討，只要有利於誘引學生的學習興趣的，加深其印象的，以及任何圓滿達成學習效果的方法，均可盡心去「創造」、去運用，始能達到藝術教學的境界。如此誘發學生的學習興趣，對於學習視爲樂事，自然「心嚮往之」，既不戕害年輕人的活潑心情，又可避免課堂中的暮氣沉沉，若要點石成金，化凡入聖，庶幾可得。

我們讀過論語，看到孔子對於學生的課業督促十分嚴格，可是平時與學生一起的時候，總是談笑風生，於談笑間流露出熱忱與慈愛，何嘗是板起冷峻的面孔，把學生嚇得遠遠地？西方有位教育家也說：「教師教導學生，如不能激起學生的興趣，就如同錘鍊冷鐵一般。」試想，誰願面對着一堆冷鐵？

至於講授教科書，由於國文課本選課的體裁有異，所以應避免同一「手法」的教學方「式」。同時在課文主旨的闡理中，不忘宣揚中華文化的固有精神；這在講授文化基本教材時，自然「責無旁貸」，即在教授其他散文時，亦多激發民族精神的「機會」，不要輕易放過。

談到散文的教授法，如能誘導學生事先作預習工作最好；利用工具書查出生字生詞，並熟悉作者生平及其爲文的動機。上課時可盡量先向他們發問，以考驗預習的效果，當每段課文講授時，仍以多聽他們的反應爲主，至通篇研討過後，再加以指點歸納，務使課堂中充滿研討的空氣，至於以生詞造句，以文言譯爲白話等等練習，可隨時舉行，以加深學習者的印象，總之教課要求生動活潑，教師如僅是「留聲機」，學生難怪要做「木刻人」了。

談到詩與詞的講授，因是富於神韻及意境的東西，不能像散文一般傾向於「談經論道」。要指導學生作會心的領悟，方能得其精華。年輕人頗多喜好叶韻的文字，因爲讀來鏗鏘上口，輕快流暢，可先請大家多朗誦幾遍；要指導他們發音清晰，抑揚頓挫有致。待其領會其中韻味，則請自由發抒意見、心得及感想，然後爲其貫穿全意，及指明韻文的特色，是深「藏」着用意，含蘊不「放」的，學生如能欣賞及此，自然領略詩詞的餘味無窮，而他們的心靈也將獲得美感的滋潤。

我不知古人究竟怎樣讀詩詞或唱詩詞，我僅憑三十年代做學生時所知的一點常識，大膽的「

創新」；一展歌喉，在教授詩詞前，爲學生作一些錄音，電化教具是學校原有的設備，應用並不麻煩。我錄的詩詞曲譜，自然是今世的音樂家創作，但因有濃厚的中國風格，唱上去似乎更接近中華文化謙和的一面，又好像與古老的民族感情更相溶會，中國人讀自己國家的詩詞，唱自己國家的「歌」；弦歌不輟，不也符合孔子提倡樂教的古訓嗎？

講授白話文，或稱時文，當然與文言文結構不同，文言文的遣詞造句也與時文懸殊，應多指導推敲思索的功夫，至於過份的旁徵博引，反使學生厭倦，要能適合學生理解程度而止。古文難認的字較多，許多普遍的字本身四聲的區別也與現今有異，是特別值得留心的地方。

對於時文，學生較有興趣，因爲領悟較易，然而教授時文也有其難處，因爲新名詞的不斷產生，時文引用既廣，便須隨時留心「吸收」，再者白話議論文，多係根據時事立言，故對世界局勢的發展、各國的政情等常識不能忽略。由此可見，白話文雖可省去翻查辭書的麻煩，可是事前的準備仍屬重要，一位負責的「勤學」的教師，永遠不會懈怠。

接着她問及作文教學，我想這是國文教師最重的「包袱」，耗心血、費時間，我們深受其「累」的，都說作文簿是「陰魂不散」，可見它「釘」人的程度！然而，此亦爲與學生心靈溝通的最佳橋樑，勢不能草率從事，何況也常常發現佳作、雋句，令人拍案叫絕的快樂，不足向「外人」道也。所以儘管它是個重擔，卻是苦樂參半的「享受」。

作文教學的目標，是培養學生能順暢的敍事、說理、表情、達意的寫作能力；語文既與生活永不分離，則必須善加指導。作文教學有兩件主要的工作，一爲課外閱讀指導，一爲作文方法的指導。

不閱讀課外書報雜誌，便無從吸取新的詞彙、新的知識，以致寫不出順適的文章。課外閱讀不僅幫助寫作而已，尙可閱讀能力，鑑賞古今中外的名篇巨著，又可改變氣質，實一擧而數得。我的許多學生都能在手頭寬裕時，購買好書作爲課外的精神食糧，班費剩餘的款項也是添置新書的來源之一。用功的學生還能在讀後作劄記，因此作文較優的人，必是不以死啃課本爲滿足的，只要閱讀的時間分配得宜，怎會影響正課？

怎樣學作文？有關這類的書籍，坊間流行的版本很多，有的還附有範文若干篇，常被偸懶的「文抄公」拿去生呑活剝，或斷章取義，如此不用思維，更別談苦心「經營」，自然文章作得晦澀不通。逢此現象要絕對勸止，鼓勵他自己經心去創作，倘若屢勸不「悛」，以致程度低落，罪咎能讓教師獨「頂」嗎？

我調查過學生怕作文的原因，有的說不知如何開頭及結尾，有的說不知說甚麼才好，也有的說材料太多沒辦法取捨。

中學生作文全是白話，白話文不受格律聲色的約束，全憑個人靈性自由撰寫，可以說得淋漓盡致；只要文有重心，首尾照應，全篇結構不差，便算一篇完整的創作，至於從那裏開始，到何處爲止，又怎能以文法來規限？

說甚麼才好？此病的癥結，在於大多的學生誤以爲作文是說別人的話，把一些自己也莫名所以的話搬到作文簿上來，也有的襲用一些高古冷僻的句子，自以爲文釆絢麗，達到作文內容最「高峯」。豈不知作文須一本「修辭立其誠」的原則；要說自己的眞心話，自己所見聞到的，所感觸到的，印象最深刻的，感動最強烈的。能說這些屬於自己的話，文章才能生動，一般學生自稱沒東西可寫，實是不肯用心，不肯多觀察。至若材料太多不知取捨的，可耐心教以如何「割愛」；三行裏塗掉兩行，兩個形容詞選用一個，將那些「千金敝帚」狠心的除去，留下來的豈不是精華？

批改作文，是國文教師「欣賞」學生寫作最深入的「知音」，也是最足考驗耐性的「苦刑」；必須平心靜氣的進行，遇見不知所云的「作品」千萬不能光火，要設法矯正潤飾，多以眉批指示，且以總批鼓勵，別忘了，作文教學旨在培養寫作的能力，並非要求一定要成爲漢明威或者是賽珍珠啊。

批語方面，要就事實評論，平實易懂學生可以理解，過於四六對句一味高古，學生如覩天書，批文又有何用？至於錯別字的糾正，簡寫字及草寫字的改正，均爲必要，學生懶查字典，認字一知半解，是寫錯別字的主因。更有的學生將寫不出而意思了解的字，用注音符號寫在空格旁邊，等待教師「塡充」，我們期望學生日益進步，但如過份的「聰明」，卻不是正常現象，教師只好多費些「口舌」罷了。

乾女兒越聽越緊張，想不到國文老師的擔子這樣沉重，她甫出校門，眞不知要摸索多久，要嘗試錯誤多少次，才能够像一位國文敎師？

對於這樣虛心肯學習的「小老師」，我不是有意嚇唬她，的的確確國文敎師在敎學上的比重要較高；正課之外尙須「兼理」許多相關的事物，比如學生出壁報要爲之選稿並指導編寫，學生參加演講會要爲之主稿並訓練，作文比賽及大小楷的日常練習均要爲之評判……儘管七七八八永無「寧日」，只要學生稍有進步，敎師內心卽欣喜萬分，怕的是沒頭沒腦的指責——國文程度低落乃國文敎師之咎！

倘使敎師在戰戰兢兢、夙夜匪懈（改作文要到深夜）的情形下堅守「崗位」，而學生總難免還有怠惰的，或連一本字典都不肯購置的，他的程度如果趕不上其他的同學，這責任究竟由誰來負責？以偏概全的責備國文敎師不嫌有失公平嗎？

乾女兒頗爲感慨地表示，由於中國人都懂得中國文，所以很自然地專注到國文方面，於是獨對國文敎師挑剔得多，卻很少有人同情國文敎師的忙，甚至沒有時間多事進修，眞是個忍辱負重的角色呢！

我最後鼓舞她，不管「局外人」如何看法，我們既已選擇這條「路」，多少也是爲的有興趣，所以必須敬業樂羣，排除各種困難，悉心認眞的敎學，勇敢地承當繼往開來、傳播中華文化的重任。瞧我已經吃了廿多年的粉筆灰，仍然「熱中」此道，只因爲這種工作的「報酬」太高了，我已爲之吸引，相信你將來也必如此！

乾女兒的「惡補講習」結束之後，適巧到了我們去苗栗赴王同學約會的日子，早在半月前她們慶祝畢業十週年的時候，就誠懇地邀約我遊法雲寺，登山觀景暢樂一番。是日風和日麗，另外有兩位同學陪着我們同往，一路上談着她們十年前在校的趣事，抵達王同學家，接受她熱情的款待自不必說，在返回新竹前，她又特地贈購土產，代買車票，殷殷盛意，令我感激。當我們在月臺上告別後，乾女兒與我在車廂中坐定，她意味深長地說：

「乾媽，我今天看到了您所謂的『報酬』；您的學生那樣愛戴您，她們又都是樸質純眞的人，我想這就是苦心教學的成果了，希望我也能夠。」

爲祝福一位新教師而寫

中央日報

歲闌花綻迎新年

我們全國上下都以樂觀奮鬪，歡欣鼓舞的心，迎接民國六十七年的來臨；可說是年來日日春光好，今日春光好更新；處處都表露着春風人海聽歌鐃，萬紫千紅總是春的氣象。

有道是，有花的地方就有美與善，有花的地方就有蓬勃的朝氣。看那冷艷奇芳的梅花已綻放！它象徵自強忠勇的精神，也是中國人崇讚爲百花之魁的國花；梅花的清麗姿容，以及蒼勁可觀的枝幹，久已被讚成疏影暗香、富於韻緻。

倘如居家的庭園種植梅樹，此時苞蕾待放，新年期間正可清賞。如果從街市上購來切枝，亦可置入配合得宜的花器中，不僅點綴了居室之美，更是書聲琴韻的最佳陪伴。

說到歲朝靖供，則屬於冬春之季開花的各類水仙，可謂正當其時；不論是金盞、銀臺、玉玲瓏，都同樣是冰清玉潔、挺秀幽香，其淡雅出塵之概，誠如明代李東陽的詩句所云：淡墨輕和玉霧香，水中仙子素衣裳；雲鬟霧鬢無纏束，不是人間富貴妝。

其實水仙之美，正在它的素淡恬靜，家中擺設一「池」水仙，不只增加居室的優雅氣氛，更可使人心曠神怡，解除生活的緊張與勞煩，新年有假期，豈能放棄與「水中仙子」的約晤？

他如各種木本或草本的花卉，宜於新年做爲裝飾的實多，不勝枚舉。又如各類各式的盆栽，包括盆花與觀葉植物，也都美不勝收，只在個人的喜好，可隨意「設計」景觀，以增加新年的歡愉氣氛。其中花期較長花色亦繁的菊花，普受歡迎，正如劍蘭與玫瑰的「風行」一樣。

菊花不畏風霜，澹泊脫俗，象徵長壽與高潔，菊花的健美精神亦能陶冶我們的內心。不論盆栽或挿花，只要擺設在家庭裏，觀賞者卽可樂以忘憂，沉醉在菊花的燦爛和幽香裏。

在臺灣養蘭的歷史和成就，都極久長；國蘭乃是王者之香，中國人素以養蘭、兼以養性、養生，意境高妙。而國蘭的容姿嫻雅無華，常能化解人心的煩躁。至於洋蘭，更是嬌艷多姿、美似柔雲。無分任何品種，其長處在於雄健豐滿、花期久長，以之裝飾居室，自是青春氣息充沛，可愛而復動人。

我們歡迎新年，又置身花團錦簇的美麗島，怎能不盡情享受這羣花獻瑞的景色？當我們在新年的花影中，和蒞臨的親友共訴心曲時，共同領受花朵的幽香，共賞花兒們的嫣然笑靨，該是多麼賞心悅目啊！

六七年一月九日　臺灣日報

閨中知己翰墨情

她和他，是大學同系同學。他讀完碩士學位時，她正修學士學分。他倆相識於學術研討會，而後成爲好朋友。

他欣賞她的風趣，和純眞的心態；她則傾心於他的內涵及文質彬彬。及至他就讀博士班的時候，她已在中學裏任教。不久後有情人成爲眷屬，婚後與堂上的白髮雙親共組兩代同堂的好家庭。

做丈夫的，除繼續求學外，並兼及寫作，以及與幾位志同道合的學友，在十分艱難的條件下，創辦以發揚中國文化哲學精神爲主的「鵝湖」月刊；此外他也在大學任教，如此勤奮地「學而時習之」，不僅是能學、能習，而且能行。充滿信心和耐力，更由於他妻子的支持與協助，夫妻倆有恆不懈，焚膏繼咎的忠於知識，忠於自己民族的文化，邁向理想的途程。

做妻子的，身兼教師及家庭主婦之職，不僅教學努力以赴，並也毫不逃避的學習操持家務。

她與丈夫合力承歡二老膝前，她的表現不禁令他驚喜；他曾疑慮過：自己的家並非富有，除父母所居幾間房舍之外，他們的新房只有一間條形的小磚屋，而她，是從優裕的環境裏成長的，當她一旦「闖入」這個狹窄的家來時，她的感受會不堪嗎？

確實，從外表觀之，那間小磚屋被環繞在現代大厦的中間，不免寒傖而簡陋，然而屋不在寬有「學」則名，多少有識之士和優秀的青年，都曾光臨過那溢滿書香的小屋，與屋主伉儷研討學問。而摯誠的愛情尤其神奇；她從心底喜愛那間小書房、臥房與客廳於一起的小愛巢，她的心已有所屬，她的工作與生活皆有正確的目標，她幾乎忘記還有甚麼更重要的享受了。

如今，在都市計劃下，他倆的愛巢不得不遷移到租賃的公寓中去，當他們依依不捨的從陋巷走出去的時候，他已完成了博士的學程，且亦通過教育部的考試，獲得國家文學博士學位。

親友們莫不以他的學有所成感到欣慶，但在博士的內心，除感激父母、師長及學友、長輩們的鼓勵外，最得力的助手當推他的妻子。她因顧及他寫作論文的進度與不被干擾，乃決定要晚生「貴子」；所以婚後第四年，堂上二老才得享弄孫之樂；爲了他的論文「王船山及其學術」印出來典雅清晰，她利用教課、持家及撫育兒子以外的時間，手抄三十六萬字。當手抄本付印之際，他倆握手互道辛苦，抑不住努力耕耘後的那份欣慰！

——爲祝賀誼婿榮獲國家博士而作

六六年十二月廿六日　臺灣日報

無情風雨有情天

有些人，往往爲了追求沒有的，輕忽了眼前已有的；等到拋棄了已有的，獲得所希求的時，卻未必心滿意足，又嚮往那業經失去的。如此患得患失，怎能快樂得起來？

此般情態，加之於男女婚姻關係上，就更爲複雜與微妙，有道是情天自古多緣孽，不幸而發生悲劇，那自承過錯的有幾人？能寬恕對方的又有幾人？

像美國的影星娜妲麗華與勞勃韋納，二人仳離之後各自再婚，不數年竟又重蹈覆轍；轉來轉去仍覺原來的對象好，於是重拾舊歡，鸞鳳又雙飛。他們是以喜劇收場的幸運者，世上多少反目夫妻，能有幾人重渡鵲橋？

昔年在大陸，筆者有位遠親女長輩，婚後遇人不淑；在長女次男出生後，丈夫不負責任，以致家庭生活陷入困境。幸有在某軍閥麾下任幕僚的姐夫援引他去山東工作，最初尚能滙款給老家的妻子過活，久之則音訊斷絕。並於飽暖之餘納美妾同居，樂不思蜀矣。

那獨力辛勤持家的妻子，當丈夫置她與兒女不顧後，雖然內心萬分悲怨，然而她依舊禱盼丈夫及早回頭，但不幸，歲月悠悠，子女皆已先後讀至高中，她的鬢邊已頻添華髮，卻不見他的蹤影。至此，她無法按捺一顆久經煎熬創傷的心；她痛恨他，她不願長此再以期待來折磨自己，她死了這條心！

人間事，實在難以預測，忽然一個夜晚，在緊急的叩門聲後，她居然見到神倦唇焦的丈夫！他畏縮着要求她寬諒；他坦承自己一切錯誤，他被蓆捲的嬌妾遺棄，他的姐夫亦已失勢，無路可走只好求她收容。

只是，她無力供養這位「遲來」的丈夫，她忍淚狠心將大門緊閉，從此蕭郎是路人。幸虧某寺廟的出家人，允其安身，才免凍餒。他思前想後，百悔莫及，不久罹患重病了結一生。

這是眞實的故事，結局令人噓唏，然而人的際遇有幸與不幸。不久之前筆者在住宅區，發現一位面容瘦削又禿髮的老人，每天早晚柱杖漫步。而後始聽人說他原來就是張老太太「失蹤」近卅年的老「伴」；當他已是三個子女的父親時，竟會落入歡場，翹家遠揚。從此那妻子做工、種菜，來養育子女並敎其成人。任綠肥紅瘦春光老，她已變成白髮駝背的老婦，她暗忖此生恐無再晤丈夫的一天，卻不料；他拖着一條因中風而癱瘓的病腿回家，只因他床頭金盡，被那女人趕了出來。

他回來只想試探，可是他幸運的得到妻子的接納，而她，亦擁有了「黃昏之戀」。男女夫婦之間果眞是沒有甚麼了不得的事，除了折磨便是寬恕？

六七年一月十六日　台灣日報

孤情不孤人

憨厚、質樸、聰明、有耐力、能吃苦；即使遭遇逆境，也能含淚微笑的接受；從未怨天尤人，也不發牢騷，永遠是那麼寬容、恬適，這就是他的爲人。

處身家庭，他是理想丈夫，是慈父；處身陸軍砲兵學校同仁之間，他有太多的好朋友。他盡心從公，深得長官同仁的讚譽。曾奉派赴美研習雷射，返國後對本位工作尤多貢獻，因而晉升至上校主任教官。由於他年近知命，爲今後退役出路之計，乃特別於公餘勤修「功課」，參加去歲高考，且已榮列金榜，親友無不欽讚他好學力行之精神，而在四位子女心目中建立了楷模，妻子亦益爲敬重他。

他自少父母雙亡，幸賴父輩的一位老長工以幾畝薄田出售的米穀之資，供他進入康定省立中學讀書。每逢學期伊始，老長工必由瀘定起早趕到康定省中爲他繳費註册，然後叮囑他用功求學，自己照顧自己。每當老長工慈祥的慰勉他時，與他同學的筆者之妹，必陪他恭坐聆聽，他們兩位小學友初中三年一直是共一張課桌上課，如同姐弟，畢業後才各奔東西。他因爲父親死於流竄川康邊境的共匪之手，乃決心投考軍校，做愛國軍人，以雪國仇家恨。

他曾參加青年軍，投入軍旅後爲抗戰戡亂轉戰南北，迨至大陸變色，隨軍來臺駐防臺南，亦結婚生子於臺南，及其第四子出生，肩負沉重，節衣縮食爲子女的教育耗盡心血。雖然生活清苦，但他依然達觀幽默，曾自嘲說：如果早年就宣傳兩個恰恰好的家庭計劃，我們也不致如此重荷，像開幼稚園一般。

也許他公私積勞過頭，正當他一切在邁入新境界途中，上天竟如此妒才，他罹患了重症！萬分感謝砲校的校長及袍澤們的厚愛；護送他去三軍總醫院動手術，再返回八〇四總醫院休養，其間共歷六個月。筆者以誼姊所關，每往探望，則必見砲校袍澤陪慰於他，或送湯汁水果爲他保養。最使人感激者，凡屬AB型同仁，毫無難色的爲他輸血。而三總大夫爲他所做的艱難手術，八〇四醫院對他盡心的照顧，以及軍方爲他付出鉅大的醫藥費用，不惜任何犧牲來保留一位優秀軍官，所做的愛護袍澤的恩情，都令他本人及親友們極深銘感的！

不幸是，回天已乏術，他的病勢洶洶，終於本月十三日午夜，於昏迷中辭世，享年五十有二，哀哉！

昔時筆者、舍表妹與他，共同由康定入川，再各自追隨政府來臺，三十年中屢有「手足」之聚，互慰平生，如今他先我們而去，我等猶如雁行折翼，能不哀傷！

然而慟定再思；誼弟以孤兒成長，而有生前的成就；他的生命雖僅五十二年，但他終生行其所當行，俯仰無愧怍，他可以無憾了。他一生人孤情不孤；他被包圍在重重的摯愛中，他擁有賢妻子女、親友，及最關心他的袍澤的愛！誰說他孤呢？虔以心香一瓣，祈禱他在天之靈平安！

——紀念誼弟

六七年一月三十日　台灣日報

為她造樂園

幾乎沒有理由，或者歸之於突變吧？她坐完第二次分娩的產褥期，竟遭遇一件使她震驚悲傷的事！雙腿有肌肉萎縮的趨勢，部份手指也有扭曲現象。這個身體上的症狀，簡直攪亂了她一向平和的「世界」；她無法繼續所從事的藥劑工作，而最嚴重的不便，乃是她不能抱穩嬰兒，從事正常的照顧工作，丈夫買回嬰兒手推車，她得以蹣跚推行。

她必須改變以往的習慣，走路、取物都要耐心的緩慢從事，她明白今後唯一努力以赴的，是極力忍耐以求適應，然而她仍不免於疑慮：這樣下去是否對丈夫太不公平？他那樣樂天、健壯，他的妻子也該是十分健康的才對。於是她暗示着求生意志的動搖，她不忍丈夫終生負荷她這個累贅。

丈夫在領會了她的無奈和「危機」，百般委婉的勸解：「我們既有緣結爲夫婦，就註定是人生戰場上的好伙伴，終生無變！何況妳對家庭一樣在貢獻，並沒有虧損妳爲人妻爲人母的職責啊！我與孩子絕不能沒有妳，請妳為了我們對妳的依賴，堅強樂觀的活下去！」

妻子含淚微笑承諾，一切的疑慮和自卑感全行消逝，她已鐵定了心志要盡己所能，去愛家人。每晨上班之前，丈夫騎車買回蔬菜水果，下班回家協助妻子處理部份家事，也照顧孩子們。星期假日則相偕全家郊遊或逛街，無論在何處，總可以見到他緊挽她的臂膀扶持着。他更為她經常選購好書回來閱讀解悶；也常邀朋友回來敍聚，使她享有社交生活的樂趣，總之，他無所「不用其極」使妻子快樂，他加倍地努力，要為她建造一個人生的樂園，只有她快樂，他方能感受實質上的快樂。

及至他們的女兒進入國中，兒子也上了小學，他們遷入一棟由自己努力購置的寬大住宅，丈夫的事業日益發展，家庭生活水準雖相形提高，但他們仍保持簡樸的原則，孩子們也毫無奢侈任性的習慣，夫婦兩人教育下一代的方針步調一致，在這個家庭裏，兩代人相處和諧，找不出令人煩惱的問題。人們不因那妻子的宿疾，而看不見她的美麗容顏上的笑靨，她現在整個被「包圍」在精神及物質的雙重安全感裏；她常被丈夫幽默的言詞，引得暢然大笑，她滿意於兒女在學校及品行上的表現，她的心田上遍地芬芳，欣欣向榮，她的家已在丈夫的摯誠愛護下，變成了樂園！

六七年二月六日　台灣日報

花情篇

我與緞帶花

由於喜愛花卉，因而「愛屋及烏」，也同樣喜好人造的花卉。曾經參觀過的人造花類，不外羽毛花、染色布花、塑膠花、乾燥花等等。它們的特色及美色各有千秋，但是最令我心動，甚至是帶有激動和狂喜的感受的，乃是雅緻明麗的緞帶花。

乍見此花，依稀濶別四十幾載的老友，歷經滄桑劫難，竟能在這「微笑的樂土」中重逢！它帶來溫馨親切的回憶；彷彿心靈生長了雙翅、超越了時空，飛回大陸北方的故鄉，解慰我魂縈夢繫的鄉愁！

依偎在祖母膝前的童年，常有當「跟班兒」上戲院的機會，但我卻不關情誰是名角或什麼西皮二簧，「志」在欣賞旦角頭面上的璀璨裝飾，而最引我興趣和好感的，便是「她們」簪髮貼鬢的絹綾質料的人造花、那精緻靈巧的花朶花串兒，映襯出旦角的艷光照人，美俏的「畫面」尤增舞臺表演的效果，尤其鐵鏡公主京頭上的碩大牡丹最使我「心儀」，是那樣富麗無比！我曾屢次用皺紋紙學紮，雖不够美但卻「敝帚自珍」，擱在空帽盒裏當作寵物，不時取來當着弟妹是觀眾；逕往頭頂上一放，唱起「芍藥開，牡丹放，花紅一片……。」

七歲時候，父親從北平出差回瀋陽，帶回的「稀稀罕兒」不是我想望的豌豆黃、兔兒爺（泥塑的供像玩具，八月節最多。）卻是給我「開眼」認識的宮花，也是我初次可以用手觸及的漂亮又高貴的造花。比起我在學校勞作課上做的染布花（黏紙上）好看得多。

我永不忘記，玲瓏俊俏的花朵簪上伯母、母親，以及嬸母和姨母髮際的風姿；宮花在微微的顫舞，好似金步搖，映合着她們成熟又慈和的笑靨，眞有說不出來的美感、溫馨與陶醉！

二十年代的婦女，流行身着長擺的旗袍，梳髮髻及梳長辮，就在髮際襟邊佩戴宮花，十足中國式的女性韻緻，典雅之中也透着嫵媚。我自小就喜愛花，對此或不無薰染吧？

故鄉的正月，新春時節又加農閒，時常可見民間遊藝組班在市街上表演。諸如耍大頭、遊旱船、踩高蹺等等。此外還有從遼北一帶「遊」藝到的秧歌舞，凡此藝班中的成員，全係農村男青年客串，而喬「粧」爲旦角的，都打扮成綵衣花鞋、梳髮擦粉，自然花朵是不可或缺的小「道具」，但因限於經濟原則，無法使用價昂的絹絲品，因此燈草製作的人造花便大行其道了，這眞是每一種花都有屬於它的情調、它的寵幸和境界。

別小看燈草花，在染色、結構及製作的技巧上，卻都刻意求工、逼肖眞花，它的成本不高，花「色」嬌艷。難怪日本軍閥侵佔東北以後，他們的僑民中間的有心人，吸收了燈草花一系列的造花技術傳流到日本。

經過日本造花界的研究，再將「蛻化」後的花藝變成染布花和緞帶花，又「回爐」到了中國，近數年臺灣風行造花的手工藝，最感便利使用的，當推日本改變綾絹質料為「混紡」的緞帶，確實增加做花的效果不少。

又因為我們今日臺灣民生安和樂利，人們多能注重精神生活，以致花與生活、家庭裝飾與花的關係日益密切；公寓樓房缺乏綠地，培植生花困難，於是人造花的四時不謝，逐漸受到歡迎採納。國內已有專製緞帶的工廠，以及造花所需各種材料的工廠。我們僅從民生與造花的題目上來觀察，則可見一斑——衣食足而後美藝興！

回溯「九・一八」事變，我隨雙親出關投奔自由，在流亡生涯中童心樂於「旅遊」，反將思鄉念親之情（祖父母及伯叔等父老。）沖淡，尤以客寓北平的一段生活最多情趣；暢遊故宮及名勝古蹟、聽平劇界名伶公演名戲，而最值得驚喜的一件事，乃是親臨宮花的「老家」，置身北平哈德門外的花市中。

花市每年定期舉行數次，完全展售人造的宮花。此花據云原屬歷代朝廷後宮后妃嬪娥所專用。清代以來逐漸流傳民間，為民間手工藝家所吸取揉合，即是聞名遐邇的宮花。

宮花的主要材料，多係綾，絹或絨類。製成的花朵細緻典雅、嬌俏華貴，在化粧「品」中別具一格，故而每逢花市開幕，盛況空前，好比「趕集」或逛廟會，充滿鄉土的氣息。

到花市買花，常能欣賞一段意外的「喜劇」：宮花爲了避免日晒，皆在長形木匣中「藏嬌」，而每一種類的匣子上，都有花「樣」作標示，如玫瑰或薔薇（北方習慣叫月季花）、翠菊、梅花和海棠花等等。選購者看中某種花朵，當掀開匣蓋選取時，只見羣花就像舞臺上的歌舞大會串，同時間搖晃顫巍，輕靈的曼舞一番，買花人不禁莞爾，遲疑地不忍下手去「採擷」。

選好的花，納入糊着玻璃匣面的中型木匣，如此再由玻片去「透視」宮花，更別有一番絢耀的顏色，以之餽贈親友，大方而受歡迎。

我曾拆「卸」過母親的宮花髮飾，一探究竟：花爲什麼曼「舞」？原來花頸部份裝有一小截彈簧，連接在一根牙籤大小的骨頭簪兒的上端，其尾部便插入匣底的厚紙板上，眞難想像只這麼一點小小的「機」智，竟可出現羣花競舞娛客的一幕插曲，似乎已開動態花藝的先河？

自從再見燈草花與宮花的化身——緞帶花，心中卽已萌生想學做花的衝動。一則寄托鄉思，再則自小偏愛此道，興趣迄今不衰，甚至也爲了彌補鮮花不免凋謝的缺憾。

外子和我本是花迷，長久以來家庭中卽已植花養蘭爲樂，故乃四時不乏花香，而植花的「運動」又可健身，實有一舉兩得之妙。回想尙未蒔花的那些歲月中，本人常抱藥罐，眞應了一句話：「年年不帶看花眼，不是愁中卽病中。」如今稍具看花眼，但卻「貪心」特大，恨不能「好花何妨朝朝艷？」

幸而，有個機緣我入「學」學花。初時只是試採，後來竟然入「彀」不能罷手，興趣之濃出人意外，直有一年之久。待到「挾」技而歸，不僅在諸般生活情趣中又增添新內容，同時也實現了夢想——好花朝朝艷，只要我想念什麼花，希望看見那種花，便可以把它「變」出來，而且永不墜落塵泥。其次還有一椿益處，靜靜地「玩」花，心靈怡澹、陶冶性情，以欣賞鮮花的心情，來欣賞自己的親手製作，將是何等安慰？再也不用嗟嘆：留春不住送春行了。

「珠樹花開」

花情

牡丹

落盡殘紅始吐芳，佳名喚作百花王；
競誇天下無雙艷，獨占人間第一香。

「牡丹開到三春暮，終是羣花隊裏王」。

對於花王，我們表示崇敬，宜作特別的介紹。

根據歷史記載，我們中國人是世界上最早懂得植花與賞花的民族，因而對於花卉的常識也最豐富。自唐朝以來尤重牡丹；文人雅士讚美牡丹的作品流傳甚多，大家慣稱牡丹而不言「花」，是愛重牡丹，猶如親賢尊士一般。因此自唐而後牡丹卽高踞上乘高品花譜地位；在姚氏西溪叢話的花卉三十客中，也居首位而爲「貴客」。

中國人看重牡丹，是因牡丹的花冠特別大，花瓣又多是複瓣的，所以花朵十分充實豐厚、雍容華貴艷麗無比，相形之下玫瑰或薔薇只有寥寥數片，就顯得單薄多矣，因而國人向稱牡丹爲百花之王，並視爲富貴的象徵。卽使宋朝愛蓮的周敦頤也不禁要讚賞，稱牡丹是「花之富貴者也。」在唐人詩句中有云：「花開花落二十日，一城之人皆若狂。」可見當時人們喜愛牡丹的情形。

牡丹原產我國西北及黃河流域。昔人談及牡丹總是推崇長安、洛陽的牡丹最出色。近世以來始知山東省的曹州府，才是眞正的「牡丹之鄉」，而且曹州牡丹由於土壤特別適於種植牡丹，所以勝過洛陽。

據一位曹州籍的人士記述：曹州城北四公里處的趙王河兩岸，以趙樓與王李莊爲中心，共約二十餘村落專種牡丹，花田連綿千頃，以松柏爲籬，一望無際的花海艷波翻滾，蔚爲奇觀。

牡丹的品種甚多，想認識完全恐非易事。概言之大約在二百多種左右，其中紅色系統最多，約一百數十種，其次爲白、黃、紫、黑、綠色最少，混合種也更少。

懂得牡丹和種植的人，習慣將牡丹大致分爲三品級：上細（上品）、二細（中品）、粗花（下品）。紅色系統雖多，但屬上品者少，如「丹龍艷」、「映日紅」，勉可列入上品。

白色品種上品者較多，如「雪塔」、「白玉」，算是個中翹楚。黃色品種中以「金錫」爲上品，春季以前如果雨水充足，則花色似金，細膩嬌美、豐腴富貴，氣概自是不凡。

紫色品種以「葛巾紫」爲上品，其餘紫色不多，有的常與黑色混淆。黑色中以「墨魁」「種生黑」「虎敬德」等勉可稱上品。但是內行人並不以此爲名貴，蓋因「奪朱非正色」也，嚴格說來，黑牡丹只能算是紫得發黑而已。

至於綠色牡丹，根本缺少上品，「豆綠」勉列二品，另一種名爲「二喬」的，以其顏色奇特列爲上品；此花綠黃各半，甚至花的中心「碎」瓣也是如此「分」色。

昔時中國人種植牡丹，多供庭園栽培，如逢花開並蒂，則視爲祥瑞可喜，往往要搭臺唱戲加以慶賀。清朝的袁枚，曾在一次往訪友人時，喜見並蒂牡丹，不禁高興而口占詩句云：「兩枝春作一枝紅，春自生心鬪化工；遠望恰疑花變相，鴛鴦閑倚采雲中。」簡直寫活了並蒂牡丹給人帶來的快樂感受。

我們喜愛手工藝的人，在造花一事上，首先要認識花卉的生態及有關常識，如此則可有所依據；變假花爲「眞」花，雖不是眞，但也不致於太僞，至少做某種花要具備那種花的特色，更可擺脫盲目「學步」的桎梏，只有以眞花爲「對象」，才不會離「譜」太遠。

「做」牡丹似乎較有困難，由於臺灣的氣候不適合種植牡丹，在難見牡丹眞面目的限制下，一般人所依循的花型大多是日本式的，這一點我在今年春天，有個意外的了解：

由新竹獅子分會主辦了一次牡丹花展。很感謝他們在社教工作上表現的智慧，否則我們便將無此眼福。

一百株各色牡丹，係由日本空運此間。園藝家河本龍三郎教授，悉心研究人工氣候培植牡丹成功，而將成果分享中國愛花的人士。海報一出的確帶來歡悅的反應，憶自少離北平後，四十幾載未見牡丹，當然很興奮，是爲了鄉思，也爲了戀花，一連往「訪」三天，拍照片、寫筆記，的確是一件賞心樂事。

不過當面對照片之際，心中不免泛起淡淡地失落；日本培植的牡丹，花朶都嫌瘦小，不及中國牡丹那般健碩華貴，花瓣稀少不够豐腴，一些花朶的定名雖也異於我國，這一點倒不關宏旨，最使人感傷的是，何時再見眞正的中國牡丹？然則這批牡丹雖是瘦小堪憐，但又能苛求什麼？遠離鄉土的花種，往往會鬧水土不服的吧？

一般造花的牡丹爲何那樣單薄相，原來此地所能見到的眞正牡丹惟此而已，也難怪其花容單薄了。實際上日本所培植牡丹也有複瓣佳品，曾閱讀日本專輯牡丹的書册，其中圖片所示的品種甚多，富貴相者不少。

少時在北平，逢到春秋兩季，便有往遊中山公園賞花的樂事；春季的牡丹與秋季的大菊，都最吸引遊客，一盆盆穠華艷麗的牡丹，仍按着從前帝王出來賞花的路線排列，當地原爲社稷壇舊址，配合了富貴花開的「景觀」，令人發思古幽情，人們都爲美艷無比的牡丹陶醉！記得那些牡丹花朶猶如大海盌，花瓣變化美不勝收，使人留連耐看。

在聊齋志異中，有「葛巾」一篇，其中有此一段描述牡丹的：「……入境諮訪，氏族無魏姓，於是仍假館舊主人，忽見壁有贈曹國夫人詩，頗涉駭異。因詰主人，主人笑，卽請往觀曹夫人。至則牡丹一本，高與簷等……。」雖然小說的描述稍有誇張，但實際上在原產地北方，可高至五、六尺，難怪也被形容爲「當窗又映樓」了。

宋代文豪歐陽修，曾寫過一篇「洛陽牡丹記」，記述在壽安山發現的一種牡丹，名爲「魏花」，花的複瓣竟多達七百多片，可以想見該花之充實富麗。

此外，因爲牡丹根多肉質，自古以來卽供做藥用。國藥中的丹皮卽是牡丹的根皮，有濃郁的芳香，是一種治療血液淤滯的良藥。可見貴爲花王的牡丹，不僅天姿國色天下第一，而其濟世醫人的效能，也令人稱道。

再說牡丹的葉子。俗語說好花也需綠葉扶持，的確是中肯之言。尤其牡丹的葉子多姿多變；一株之上有不同葉型的變化，葉大而健壯，葉互生，通常爲二回羽狀複葉，小葉呈淡綠色，葉緣具缺刻。

牡丹屬於毛茛科落葉灌木，枝莖直立，葉互生，通常爲二回羽狀複葉。花的直徑通常在廿公分左右，豐大的有達五十公分左右者，倘如是「洛陽牡丹記」中的「魏花」，可能要超過五十公分，並非誇張之詞。

芍　　藥

雲想衣裳花想容，春風拂檻露花濃；
若非群玉山頭見，會向瑤台月下逢。

在我們臺灣，有人誤認大理花（或大麗菊）是芍藥，所以應該加以「正名」，芍藥絕對不是大理花。似乎聽說臺灣園藝界也倡議試種芍藥，但進行如何尚未見及花卉雜誌上的報導，一直在企盼中。

芍藥的主產地，是我們中國的河北省、河南省、山東省、陝西省，以及東北諸省份。芍藥的別名很多，如餘客、黎食、草尾春、黑牽夷等等。芍藥的花朵碩健綺麗、雍容華貴，逼肖牡丹的模樣，只是花朵比牡丹稍小；並經過植物花卉學家分類，牡丹爲木本，芍藥是草本，它們素有牡丹王芍藥相等量齊觀的尊貴品位。

我國歷來的騷人墨客，都專愛牡丹及芍藥，所以詠讚的詩文流傳亦多，其中有如孟郊的看花：「芍藥誰爲婿，人人不敢來；惟應待詩老，日月殷勤開。」可見讚賞芍藥之一斑。

芍藥的品種甚多，自隋朝開始卽廣爲栽植。十八世紀經東印度公司傳入英國後，很受歐洲園藝界人士重視，再經過各國園藝家的種苗改良育種，如今已有很多園藝觀賞品種。西方人稱牡丹和芍藥都是 Peony，對於大紅色有重重複瓣的品種，稱爲「Chinese Peony」，可見中國芍藥的知名度確是中外聞「艷」的。

猶記在河北省讀小學時，校園中有多處砌磚的大花「池」，栽植着臨風搖曳的各色芍藥，是同學們最喜歡徘徊的地方；但是「公物」不可過份接近觸摸，只得「望美人兮天一方，」使人感到芍藥的尊貴。及至有一年春天去北平客居，竟有意想不到的驚喜！

市街上隨處可見到芍藥，肩挑的、設攤的，或花店中，都有一捆捆、一把把地切花芍藥，穠華綺麗的花容，別有一番妖媚的風緻，似乎花的艷色還勝過牡丹。愛花入迷恐怕也是天生成吧；我從母親手中接過一把渴念已久的芍藥，擁抱在胸前，快樂激動得眼眶濕潤了！花之美，令人不能抗拒；再想想紅樓夢裏「憨湘雲醉眠芍藥裀」的可愛畫面，能不爲之陶醉？

談到人造手工藝做的芍藥，在本省似乎尙未普遍受注意，因爲缺少鮮芍藥可資觀賞或研究。記得大約四年前，有位日本造花界的女教授，曾來臺灣短期授徒，開有師資班教緞帶花。當時由她傳來一種日本種植的芍藥，我經過芍藥圖籍的推研，覺得它很接近「龍尾」種的花型，因此我從一位前往師資班學花的同事處，習得該「種」做法並私自定名如上。此花做法不繁，花姿也够美，是屬於單花瓣的品種。

迨至退休後，閑來研讀植物花卉書籍，見到美國的 The Time-life encyclopedia of Gardening 中，有關芍藥的介紹，也提及中國芍藥，便忽發奇想：何不「造」一種眞正的中國芍藥？別讓西洋「移」走我們的名花，反令我們稱羨。當然，這仍須參考一些圖書，並加以回憶想像昔時所見芍藥的容貌，且要做出比「龍尾」花瓣重疊較多的花朵，以慰鄉思，以滿足「復興」中國芍藥的一點心願。但經做成之後，只能說差強人意，略備一格而已，誰敢說藝術的作品會輕易地登峯造極呢？

「珠樹花開」

西府海棠

東風渺渺泛崇光，香霧空濛月轉廊；
只恐夜深花睡去，故燒高燭照紅妝。

我國明朝，花卉植物學十分受到重視，有關的作品專論不少。在屠本畯的瓶史月表中，選出花的盟主中，有梅、西府海棠、牡丹、蘭、芍藥、蓮、茉莉、芙蓉、菊、紅梅等等，在不同的月份中佔重要地位。其中的西府海棠，是臺灣所不會見的喬木花樹。

西府海棠在「花譜」中的品位一直很高，它的豐姿艷質不在牡丹梅花之下。它的花朵淡艷出色，卻又不以花繁來取勝，反而增益了葉茂的美。這種喬木海棠身高丈餘不結果實，樹幹剛健多節、婀娜而富風緻，所以被人贈一雅號「神仙樹」，可以想見此樹的神韻清勁和美姿。

它的葉形尖銳，葉色翠綠深淺調和，全樹由下幹往上、由深而淡，明亮潤澤的葉羣如錦緞似地交織着，說不出的暢發蓬勃！

春來生苞開綻，淡紅濃粉「巧工」調配，好似夾雜着經過染色的深淺的花瓣互映互襯，美在婉約娟爍中，此花有花蒂，或三萼、五萼成一組，垂掛在枝間。

花有五瓣，花朵不甚開展，疏疏落落分佈在萬綠叢中，葉多花稀，反覺得清鮮之中更顯蘊藉空靈。春天在細雨濛濛、霧樣的「幕」空下，去觀賞西府海棠，也更能領會它清麗絕俗的美，好像一幅如詩如夢的畫，而畫上的題字，應該寫着：澹烟浥露、境界超凡！

陸放翁曾作海棠詩：「爲愛名花抵死狂，只愁風日損紅芳；綠章夜奏通明殿，乞惜春陰護海棠。」道出愛花惜花的祈願，也正呼應了我和外子的心聲；每見舍間數盆秋海棠或四季海棠花開時，我們總不免聯想起北平的孩童在西府海棠大樹下捉迷藏的往事，然而此地水土既無法栽植那鐵梗剛健的喬木，卽使關於它的「消息」也少見載花卉書刊內，心裏不禁悵然寂寞。

自從學會做緞帶花以來，沈默寡言的外子，竟然不止十次向我「絮聒」：「嗨！做一大枝西府海棠好不好？我都快想瘋了！」於是他設圖畫花，代我挑選合適的緞帶，還不厭其詳地告以要點。瞧他那副「我爲卿狂」的熱情，混合着綿綿的鄉思，鐵石心腸也不能拒絕，何況愛花我不後人；便在自己依稀對西府海棠的印象中，參考他所述的特徵，由「點」而「面」小心翼翼地逐漸「生長」起來，當然，沒有把握一定能將一株喬木特有的風華絕代，完整的表現在一枝花上。

花成之日，他從臺中返來，風塵僕僕地剛一進門，卽刻瞄到亭亭玉立在茶几上的故鄉之花，沒有言語，快步走向花前端詳久之，然後聽見一聲感歎：「啊！久違了！」於是喉嚨像被噎住，我們同時從「霧」裏去凝視那花。

春風時雨、孕育奇英，如此可愛的「神仙樹」，我們樂意介紹給愛花者，讓我們共同溶入柔潔純美的花魂中，來提升我們舒展的心靈吧！

「珠樹花開」

梅花

春來幽谷水潺潺，的皪梅花草棘間；
一夜東風吹石裂，半隨飛雪渡關山。

花行健，順應季節而發，給予人們自強堅毅的啟示，所以梅花素爲國人所愛重，而且是我們的國花，我們也以中國是梅花的主產地爲榮。

梅花的姿態清麗、疏影暗香，素被國人譽爲百花之魁。梅的枝幹蒼勁，極富韻緻，所以詩人的吟詠亦多。梅在國人的心目中，是屬於祥瑞的植物，除梅、蘭、竹、菊四君子外，梅還與蘭、百合、茉莉、梔子、桂花、水仙合稱爲七香；又與水仙、桂、菊並稱爲四清等等。

欣賞梅花向有四貴之說，即貴稀不貴繁，貴老不貴嫩；貴瘦不貴肥，貴含不貴開。梅譜中也說「以橫斜疏瘦與老枝怪奇者爲貴」。我們做花「造」枝「生」花，如能依此爲據，則花枝如畫，梅花的神韻當可表達於外。自古以來品種極多，如今已有三百種左右，我國栽培梅的歷史既久，也極普遍。它於初春開花，以一朵至三朵簇集綻開，花氣清香宜人。

昔年居住嘉義，冬季常往梅山鄉梅山公園賞梅，當地的梅樹皆係單瓣花朵，此種生產梅果的梅樹，花朵當然不能以花姿取勝。遷居新竹後，也僅是附近清華大學的梅園有梅可賞，花朵爲重瓣，純係觀賞的梅樹，頗有可取。此外每當冬日寒流過境，最易使我懷想到梅花與詩人吳芳吉先生的故事。

抗戰時期，我在四川白沙鎮就讀某學院的時候，已聽說當地出過一位才子吳芳吉，曾就讀北平清華大學，因故中途離校，迭遭許多磨難，最後返回故鄉白沙，就任白沙境內黑石山上的聚奎中學校長。

黑石山是白沙鎮的名勝，石多黑色，各色梅花如林，環境清幽，除聚奎男中外，尚有新本女子中學。我們同學之中頗有弟妹就讀山上中學者，所以冬日逢到周末，往往跟隨她們「遠足」到山上去，而最大的目的，乃是憑弔詩人——自稱「白屋吳生」的墓地。

詩人主持母校聚奎中學時期，熱心勤勉有加，以致積勞成疾，上天僅僅給了他不及四十年的壽命，與世長辭。

詩人的才氣縱橫，他的詩無論創作、翻譯，或新舊詩，都同樣膾炙人口，傳誦一時。我們同學大多能背誦他那篇悽惋感人的「婉容詞」：「天昏地暗，美洲在那邊？剩一身……。」

白屋吳生的朋友傳述，都說他爲人純摯孝友，是位難得的儒雅奇才。然而命運卻不照顧他；終其生都生活在痛苦的婚姻中，詩人的純摯使他甘願容忍着夫人的乖戾與不睦，他的彬彬有禮、尊重婚姻與家庭的心胸，並不曾感動夫人，以致鬱鬱而終，能不令人惋惜？

他的母校聚奎，安葬他在黑石山上的梅林中，因爲他，而黑石山上來往着欽慕詩人的人士，在那一大片香雪海中；在詩人安息之所的四週，圍繞着凌寒獨放的梅花，所謂「梅能傲霜香能永。」詩人生前雖有不幸，然其逝後的哀榮，又何其有幸？他的道德文章，永爲愛好文學的人士所懷念，詩魂與花魂共同遊化於黑石山上的梅林中，可謂相得益彰了。

在那兒的梅林中，我首次認識了綠蕚梅，一種高貴的品種，芳姿幽艷、玉潔冰清，我們曾「狠心」的折下兩枝，獻在詩人墓前，默然良久。

「珠樹花開」

素心蘭與春石斛

春蘭未了夏蘭開，萬事催人莫要獃；
閱盡榮枯是盆盎；幾回拔去幾回栽。

孔子曾讚賞國蘭：「蘭當爲王者香。」而「與善人交，如入芝蘭之室。」更是一般人所熟知的話。因爲與花交友，只有善和益，而沒有罪惡。

我國蘭的原產地在長江以南，自古已有愛蘭的風尚，極富古色古香的奇妙情趣；尤其中國人還以養蘭來養生、養性，及陶冶性情、涵修浩然正氣，眞可說是賞鑑花葉之餘的「弦外之音」了。

我們習慣稱呼國蘭爲蘭蕙或草蘭，種類有春蘭、報歲蘭、建蘭、漳蘭、素心蘭、劍蘭、鳳蘭，以及金稜邊蘭。關於它們的詳細分類無法一一介紹，此處只談與造花有關的常識。

「蘭蕙」之分只在一梗一花或一梗數花，其實都屬國蘭，包含兩種在內。蘭蕙開花時，芳香怡人，而且香遠益清。至於蘭葉，各有不同的姿態、光澤及紋理，分爲立葉、垂葉與受葉、捲葉與廣葉，以及細葉等等，至於專門觀葉的品種，更特別講求斑紋線條的突出可觀。

蘭葉本身具有秀雅的風姿，再襯托在精巧嫻靜、美而不華的花穗四周，看來眞如花中有畫、畫中有花，素淡高雅的風格，不知化解了人們多少煩悶和暴躁。

人言蘭色幽，我愛蘭香逸。

色是花之容，香乃花之德；

似近忽復遠，對之可終日。

春石斛是一種十分健壯的蘭，它分佈的地區相當廣濶，由東南亞延伸到澳洲、紐西蘭；卽臺灣原產的石斛蘭也有不少種類，據世界性的花卉報告中云，已經確定命名的石斛蘭，已在一六〇〇多種；此花在生態上變化很多，園藝學家依它們的生態、開花的習性，及栽培方法，而分爲三大類：春石斛、秋石斛、其他類。（石斛的根莖可入藥。）

過去在中國大陸，久已欣賞到石斛的美似柔雲，在四川、在江南一帶、湖南省境內、湖北一帶，還有福建省，凡到過以上地區的朋友，都不會對石斛蘭陌生。

舍間培養的春、秋石斛種類並不多，但是它們定時開花、花朵巧密成簇，實是令人喜愛；每屆花放，葉子大多脫落，只留下三、五片綴掛莖上，反而十足強調了花的突出，在賞花之外，它還引導人的心魂重遊大陸故土，花與往事交織成一串串的「篇章」，慰解了些許懷「鄉」之情。

紫色春石斛，由於花唇的顏色特別濃郁，我私贈他一個雅號「丹鳳眼」，「眼」是靈魂之窗；似乎數十隻單鳳眼，啟示着：我本來有眼睛，如今卻有了視力；不僅是觀賞花的外貌而已，還「透視」了花的「神髓」，多少領悟一點柔和忍辱的深意，就像花朵必需經過含苞那一段過程的痛苦掙扎一樣。

丹鳳眼的花期相當長，但又怎及用緞帶來把它「常駐芳華」更使人怡慰？

「珠樹花開」

轉載篇

專訪

何顯庭

自稱「花奴」的朱耘樵女士，接受訪問時表示，自幼喜愛花卉，三十年前與夫婿王得仁結婚，他也愛種植花樹，惟無時間惜花，花開花謝，極感悵然，爲達心願而實現理想，三年前從省立竹商退休，即以空暇，以執教廿多年的退休金，全部用於研製緞帶花。

新竹市光復路光明新村一〇六之二號門庭的「株樹滿開」，滿室都是「花姐妹」，有鮮花，也有幾可亂眞的緞帶花，若非花主指明，會使人錯把緞帶花也當鮮花。

雖然鮮花比緞花香，但它卻無緞花美。

除了那數百盆鮮花外，彷彿那另外的眾位緞帶花姐妹們，也在花語及吐露散放著異香撲鼻的香香味，難怪朱女士被譽爲花壇中的「花媽媽」。

朱耘樵女士，五十五歲，瀋陽市人，民國三十五年畢業重慶國立女子師範學院，其夫婿王得仁、六十歲，保定人，畢業東北大學化學系，現職臺中樹德工專化工科教授，「珍珠婚」中，始終相敬如賓，全家共二人，種花復植花，樂在花景中。

朱女士表示，花兒嬌美易消逝，花之華年那久長，惟恐芍藥、牡丹等的花紅一現中，那艷麗之顏難再，甘願終身學作護花使者，爲了使「女兒們」能與她長相廝偎，終於想到以緞絲彩帶使「孩子們」青春永在。

鄰居們讚佩「花壇壇主」朱女士的耐心及愛心，復甦了花之魂，以「巧奪天工」及別具風韻的獨特匠心，應用緞帶材料將花之生命製作得栩栩更有靈氣，羨慕她擁有那麼多的「花千金」，生活在花團錦簇的「香國」中。

朱女士除了教人如何製作緞帶花外，她不吝嗇心愛的花朵割愛，當她致贈花束給鄰居時，尤如「嫁女」般隆重，並認眞託言：「我的女兒雖非金枝玉葉，祈您能多付出一份愛意，心愛「她」」。

沉醉在花的意境裏的朱女士稱：她不會對您細語，但愛花者須是「解語花」之人，便能體會到她那綻露的花容，已經向您示愛，而在微風中粉頭微點，那表示：她也如您喜歡她一般地喜歡您，至於芳香喃，只有人與花的「心靈」相默契了。

朱女士表示，人與花之華年，需要善自珍惜，把握着正當良好時光，不要怠忽，要奮鬪締造人生美境，方不辜負國家的培植，父母期許及親友們的關心。

朱女士與其夫婿，爲「珍珠婚」而出版一册「珠樹花開」，以紀念王、朱兩姓的並蒂蓮之姻緣。名攝影家董敏，慕其緞帶花的傑出成就，特攝照花影於册內，以致祝賀之忱。

「珠樹花開」八十八頁，精美彩色，署名「幼柏」，內容豐富，詩情畫意，有羣花史記、品種、製作方法，使愛緞帶花者，能製學作花的生態與精神，憑添生活情趣，彩色經名家攝製，具特效美感，美妙意境，增加心靈欣慰，可使做花者，有助參考改進。

將鮮花靈化、永恆化，朱女士退休後的新人生，使她嫻淑的內涵在把握追尋中更開朗，她提倡家居正當樂趣，並將緞帶花手工藝再發揮，突破模式化的形態，注入生動神韻與靈氣，使能復生，作爲人物思念，銘感長輩及同事、學生的遠懷，進而發揚中華民間藝術的特色。

自立晚報　六十六年二月廿七日

花香情更芳

項秋萍

俗話說：「少年夫妻老來伴」。這也就是說，年輕的時候所求的是熾熱濃郁的愛情，年紀大了之後，所求的是醇厚淡遠的恩情。事實上，夫妻在朝夕相處了幾十個寒暑之後，多半是「敬之有餘，愛之不足」，少年時代的愛情，早被漫長的歲月磨得斑斑駁駁，無復當年的光彩了。

難道說，結褵三、四十年的夫妻，他們的心靈都會像槁木古井一般，平靜冷淡，無波無瀾嗎？那也不見得，在臺中樹德工專研究化學的王得仁教授和他的夫人朱耘樵女士，就是一對恩愛逾恆，老來彌篤，人人稱羨的神仙眷屬，這對年屆知命之年的夫婦，他們沒有赫赫的盛名，沒有豐裕的物質享受，甚至沒有承歡膝下的兒女，是什麼樣的原因，使得他們的感情三十年如一日，無忮無求的自得至樂呢？帶着一片嚮往，帶着些許好奇，筆者來到他們在風城的居所。

有情還是花世界

王得仁教授和朱耘樵女士的家，在光明新村裏是很特殊的。一進大門，滿院滿園的似錦繁花就逗得人眼花撩亂了。有含苞的月季，盛放的杜鵑、芍藥、海棠、含笑和梅花……簡直數都數不完，而光是「王者之香」的蘭花，就掛滿了兩個大棚架，據說有二、三百株呢！更令人興奮的是，不僅院中姹紫嫣紅、羣芳爭艷，連客廳的樑椽上，都爬滿了紫藤，再仔細一看，才發現「躲」在屋裏的原來是女主人巧手做成的緞帶花，那神態、那氣韻，眞是活潑生動，幾可亂眞。

置身在這樣一個「花花世界」裏，話題便不免從花開始了。在朱女士的記憶中，打從她依偎在祖母膝前、梳著兩個小丫角的時候，她就最愛那精緻靈巧的花朵花串兒了。長大後一直在外地唸書，居所不定，縱然惜花愛花，也無法享受植花做花的「閒」情，直到他們搬進了這幢有個前後院的宿舍，才一償花迷夙願。

她帶着滿臉燦然的笑意望着王教授說：「別看我們家這口子，長得高高黑黑、粗粗壯壯的，學的又是在試管堆裏打轉的化學，他可頂愛花呢！不僅以養蘭種花爲樂，而且還會畫墨蘭，我這兩年開始做緞帶花，他就不時的建議，花蕚該是什麼型態，花瓣該是什麼神情，也許是因爲他研究科學的關係，細心起來可比什麼人都仔細，我的緞帶花有一半以上都是他構思的呢！」難怪朱女士做的花那麼令人激賞，原來還有個幫着觀察、品味的「幕後功臣」！

朱女士說話時，王教授不時在旁頷首微笑，憨態可掬。表面上看起來他是個不善言詞的人，但是話題一開，他的見解便像長江大河一樣滔滔不絕的傾瀉出來。他不僅把專研的化學原理應用在養草蒔花、健康養生方面，他還懂得許許多多「中國功夫」。他喜歡唱平劇，學的是梅派青衣，而且會拉胡琴，還研究胡琴和南胡的製作，朱女士說他每次買了一大堆竹筒回來，又是冰凍、又是日曬、又是燒烤的，總要讓竹筒受盡了「水深火熱」的苦刑，才滿意的把它做成一把把的胡琴。除此之外，他年輕的時候，還磕頭拜師學過好幾派的拳，在長江三峽和鄱陽湖裏游過泳，現在雖然六十高齡了，下了水仍然像浪裏白條。他閒來無事，還研讀老、莊哲學；論起「品茶」之道，他從茶葉的種類、種植、烘焙到茶具的質料、開水的滾度都講的頭頭是道。這樣一個心性豁達、樂天知命，又懂得生活情趣，充滿興味的人，難怪當年輕易的就贏得了朱女士的芳心。

一曲京韻結前緣

說起他們的結合，還是一段「戲緣」呢！而且充滿了「一見鍾情」的傳奇。

朱女士清清楚楚的記得那是在抗戰初期的事，她從康定千里迢迢的到成都會晤她的哥哥，結果沒碰到哥哥倒先見到了哥哥的同學——那個看起來木訥害羞的「大塊頭」。見面的第一天晚上，哥哥便要求那個大塊頭露一段平劇給妹妹接風，接風是假，哥哥想過過「操琴」的癮倒是眞的；大塊頭一張口，那曉得竟唱得是梅派青衣名劇「宇宙鋒」，那尖細圓潤的嗓音，與他原來低沉的語調和高頭大馬的體型簡直太不相稱了，開始時她直想發笑。不過聽到後來，發現他的戲倒是唱得眞不含糊，大概因爲是在女孩子的面前表演，直讓一個大男生臉紅到耳根子。

就這一回，朱女士便對他留下了深刻的印象，然而，因爲戰亂未靖，關山阻隔，他們在初識的三年後，才在渝市重晤，朱女士記得，爲了見這一面，她和兩位教授一位同學，雇了一葉木船航行在浩渺的長江之上，雖然明知隨時有翻船的危險，可是也敵不過心頭的一團熱望，揑了滿手冷汗，到重慶與他會晤。一直到今天，這對夫婦都無法解釋，爲什麼只見了一面，就令他們彼此這樣夢縈魂牽，也許這就是所謂的「一見鍾情」吧！

他們相戀了六年，卻始終沒有什麼廝守在一起的機會，抗戰勝利後，才在成都結爲眷屬。也許是老天爺爲了彌補他們戀愛期間的兩地相思之苦，所以讓他們結婚三十年來，就像「渡了三十年的蜜月。」

如果照一般世俗的眼光，這樁婚姻還是有很大的缺憾的，也就是這三十年來，他們膝前沒有一男半女，何況王敎授還是一脈單傳。儘管如此，不但王敎授本人沒有爲這個問題煩惱過，就連堂上的公婆都沒有說過半句苛責的話。每想到這一層，朱女士便不覺感動得熱淚盈眶。

「如果這在古代，是要犯七出之條的啊！然而，我的公公和婆婆，待我簡直比親生女兒還要寬大，還要體恤，他們不但沒有把這個問題拿出來討論過，甚至在閒話中都從來沒有說過一句：『年紀大囉！想抱抱孫子囉！』之類的話，每當我爲此事快快不樂的時候，公公反來勸慰我說：財帛兒女，在這亂世中都是負擔，沒有反而好！老人家開明至此，怎麼能不令我感動呢！」

朱女士覺得，她之所以與王敎授這麼多年來都如新婚般的鶼鰈情深，有一半是受到公婆的影響和感召。她回憶說：「婆婆在去世的前幾年，罹患了半身不遂，在她纏綿病榻的一千多個日子裏，公公寸步不離她左右，替她揩面更衣，餵飯餵茶，甚至便溺沖洗，都是他親自料理，他常常握着婆婆枯癟的雙手，輕言細語的給她安慰，婆婆病到後來，耳目漸漸失靈，嘴巴也無法說話了，可是她憔悴的面容，在公公的眼中，一如新嫁娘般的美麗，每天晚上，他用溫水為婆婆拭面後，總是溫和的詢問她：『今天晚上妳想睡那一邊，左？還是右？』『如果妳不想說，就點個頭好了！』我想他們眞像一對比翼交頸的鴿子，直到老，都是那麼親愛的依偎在一塊兒。」朱女士在說這番話時，眼睛裡流露著無限的孺慕和欽羨之情，事實上，她今天和王教授，不也正像一對恩愛情深的比翼鳥嗎？

退而不休愛心遠

雖然他們自己沒有子女，他們的愛卻分散給了太多的年輕人。朱女士從重慶女子師範教育學院畢業之後，就獻身杏壇，二十八年來，眞是桃李滿天下，最難得的是，有不少已經畢業了十幾年，身為人妻身為人母的學生，還記着她、念着她，經常來看望她。而王教授更是一個敦厚和氣的長者，在學校裏，在社會上，總是那麼耐心而熱心的把他的經驗教給年輕人。

在物質生活上，他們一直是平淡的、清苦的，但在精神生活上，他們卻豐盈的好像擁有了天地間的一切。仔細的想一想，這對夫婦為什麼能生活得那麼快樂呢？我所找到的答案是：他們恬淡、知足、無私、忘我，而且充滿了愛。

在恬淡的家居生活中，朱女士常常會爲了看到幾隻鳥兒共同來餵食一隻小鳥而高興一個下午，在二十坪不到的小天地裏，因爲擁有了一架子好書而滿心感激，每當乾兒女、學生或晚輩來拜訪的時候，他們總是熱誠的，傾其所有的來招待，讓人家帶回盈耳的笑聲和滿心的愉悅，他們樂於付出，從不要求回報，他們過得是山光雲影，蒔花養鳥的「出世」的生活，卻對國家民族、倫理文化有一份濃郁的情感，默默的盡責守份，做「入世」的事業。

三年前，朱女士從教壇上退休了，然而，她實在是「退而不休」，多少學生有了情感上、工作上、金錢上或婚姻上的問題，第一個想到的一定是「朱老師」。她自己打趣說：「張老師是個『大』生命線，朱老師是個『小』生命線」，眞是此言不虛啊！

「珠樹花開」滿庭芳

去年十一月十七日，這對夫婦爲了紀念他們結褵三十載的「珍珠婚」，特別出了一本以介紹緞帶花藝術爲經，並穿插一些詩詞文學、生活情趣爲緯的「珠樹花開」。

結婚半個甲子的夫婦固然很多，但是像他們這樣對婚姻重視、關愛、珍惜，並且以莊嚴無比的心情去紀念的，在當今當世，已經不多見了。

過去，朱女士就曾經以「幼柏」的筆名寫過兩本書：「永恆的歌聲」和「儍門春秋」，並且獲得中國語文協會的奬章，文筆的清新流暢自然不在語下，然而，爲了寫這本「珠樹花開」，卻使得她耗費了無數的心血，有了好多個燈下揮筆，輾轉無眠的夜晚，因爲，他們太重視、太珍愛這份紀念了。

有人問他們，何苦要把辛苦多年而得到的一點退休金，又賠上那麼多精神時間，投資在一本「不賺錢」的書上呢？當然，這種生活的態度和理想不是一般人所能體會，所能瞭解的。然而，在這對夫婦的心底卻有這麼個共同的默契：「對天地感恩，對人生負責，而珍惜婚姻，正是這個理想的第一步啊！」

快樂家庭月刊　六十六年

有關珠樹花開

曾昭旭

爲了三十週年的珍珠婚期將屆，乾媽早就計劃要出一本書來作紀念。近兩年來，乾媽醉心於緞帶花的研究；而在研究過程中，乾爹的助力不少——直可說是他們共同的成績了——因此就選定了這本以介紹緞帶花藝術爲經，並穿挿一些詩詞文學、生活情趣爲緯的「珠樹花開」爲寫作目標。

原來一般做緞帶花的，不太清楚各種花卉的眞實生態構造，更忽略它們在大自然風日下的姿采與精神。但乾媽則不然，由於家居近鄉，乾爹又是養花老手，（他們庭院裡，僅只蘭花就有數百株。）所以在製作緞帶花之先，總要經過一番對眞花的觀察、品味、解剖、精研的工夫，而後才開始設計製作。

因此乾媽做出來的花朶，特別顯得氣韻生動，幾乎以假亂眞。我還記得初次看到她做的一大把油菜花，心中直爲那份田野的清新氣息而喜悅不已。因此，乾媽要以緞帶花的成品攝影來作珍珠婚的紀念，眞是再適當不過了。

不過話雖如此，眞做起來卻是困阻重重；錢是一個問題，力也是一個問題。乾爹、媽自不是有錢的人，甚至不能算是有積蓄的人，而出版這本書，也並不曾寄望它圖利，乾媽所僅恃的就是她那一筆敎書廿幾年後的退休金。這自然得盡力撙節，於是內容安排上便不能放手去設計了。至於實際的寫作，那就更爲辛苦；緣於乾爹媽只是兩個人，而乾爹每週要遠赴臺中上課數天，日常只有乾媽一人照顧家務、猫和狗，花園與菜園，她必須有效的爭取時間來寫，其辛勞是可知的。

自經始迄今，乾媽已爲此忙碌大半年了。前幾天我們接到她的信說：「我記得長文有個口頭語『獃子』，我現在就是。成天旣有搞不完的家事，還要像老牛耕田似地寫文呀、做花呀，像個獃子一樣苦幹着。有時候我又覺得自己像位苦修女，整天於庭院寂寂中，獨自幽居，不上市街，也不與人多交往，只爲了一個願望，或說一個理想，人，也許就爲了理想的實現，才生活的更有意義吧！」

乾媽說她自己是獃子，從一般的眼光看確是不錯的，試想辛苦了大半輩子，退休了領到一筆箋箋之數的退休金，竟然不顧慮晚年生活的風險，還要再賠上許多精神氣力，拿來出一本並不求賺錢的書，這不是獃是甚麼？然而乾媽卻滿懷信心的說是爲了一個理想。

是一個怎樣的理想呢？結婚三十年爲何値得這樣鄭重地去紀念？這意思在今天年輕的一代，怕已沒有多少人能體受得到了。

原來在中國，生命的繩繩繼繼，遭遞不息，是具有一份無比莊嚴的意思的。中國的孝道，就是落實在對這份生命承傳的護持之上，小至於一己身體髮膚的愛護，中至於家族香烟的珍重，大至於整個民族道德文化的傳揚，都是這一番精神的表現，其中都深涵着報恩與負責之情。

因此，所謂「承先啟後」，所謂「興滅繼絕」，在我們中國都是大德。而且這種承繼之德的內容，還不單只是要求人將這一番自祖先傳下來的生命大流，經過我手傳下去而已；它更進一步要求人要在這承轉之間，更加上自己的一些成績，以使這生命大流更光輝、更豐富。這樣，才不是消極地承傳一個老古董，而是積極的流衍一番新生命！必如此，才上對得起祖先，下對得起後人。所以中國人除了重視香火緜延、珍惜祖宗遺法之外，還要每人身修一些德業，以告慰後人。這些德業，不論在客觀上多麼微不足道，但只要是人一生精神或心血所聚，便是生命健動精神的呈露。

由此我們便可體會到，中國人爲甚麼特別重視修史、修傳，和修譜，而留下一些足可讓後人修入史傳譜牒的成績，便也成爲人對子孫、對人羣的責任。

藉此，我們便可以稍稍體會乾爹和乾媽的心情。一對老夫妻的婚姻，經歷了三十年的滄桑，不但彼此無故，而且相敬相悅如初；這一番共同的生命，經過如此的呵護、珍重，而依然瑩潔無疵，不眞值得鄭重紀念嗎？而這一段生命的歷程，且不是空白的，老夫妻倆要捧出他們認眞生活的成績，以報答、以告慰祖先、父母、親朋和晚輩。

乾媽在五年前曾出版散文集「永恒的歌聲」，以作爲銀婚紀念，她在代序中說：「多少悲歡，多少試煉，充實了廿五載生活的內在；沐浴於賢父母及親友的輔導愛注中，這厚恩、這溫情，帶給我們幸福與滿足，常思報答也無方，願以這本小書表達內心的感謝於萬一，並獻給有緣相識的讀者。」是的，如今這一冊「珠樹花開」，也同樣是這種對天地感恩，對人生負責之情的流露。這，就是典型的——然而已在新一代青年心中逐漸隱去了——中國人的人生態度。要表顯，要護持這樣一個悠久的人生態度，不是一個莊重的理想嗎？乾媽心中的理想，就是如此一個理想吧！

我之得以親近乾爹媽兩老，是緣於內子楊長文的關係。長文的父親——我的岳丈——與乾爹是少年時的好友，所以長文甫自出生，就成了兩家的掌珠，其後每逢寒暑假，長文和她的弟妹們，總會到新竹「探親」。民國五十八年，我結識了長文，便也開始領受到兩老對晚輩的慈愛與關護。

每次我們上門，乾爹媽都會有極豐富的「招待」；這不止是說有鮮潔豐美的菜肴水果和點心，而更包括許多可以用手、用心帶回去的「禮物」；也許是一盆艷開的洋蘭，或許是一瓶自製的糖泡蒜；有時是乾媽親手縫製的動物、娃娃、椅墊，或者是上次來時乾爹爲我們拍的一疊彩色照片，有時是此次來時我們兩代人康樂表演「現場實況」的錄音帶。而後就是乾媽精心的緞帶花作品，乃至一件擺設、一錠香墨、幾枝毛筆、一袋芭樂。每次他們總不讓我們空手回家。只要他們能拿得出來，無論甚麼，乾爹媽都會不猶豫地贈送。

事實不止對我們是如此，還有學生、乾兒女以及晚輩，到了乾爹媽家，都同樣會承受到熱誠的相待。我縷述這一段，並非貪愛這些物件的本身，而是從中感念着乾爹媽他們那份以「付出」爲樂的心情。若不是開朗達觀的長者，誰能無求於人而只是一往地盡己呢？

乾爹雖在大學專修化學，二十多年來也一直在工業研究所及學校的實驗室裡、担任最「現代」的研究工作，但他却懂得許多中國傳統的「功夫」，會拉胡琴、製胡琴，能唱平劇會打好幾派的拳，當年還在鄱陽湖和長江三峽裡游過泳。乾媽則教了廿多年的國文，教出不少感情眞摯的學生，也寫了不少風格平易的散文。老夫婦倆的根本思想和生活態度，可以說是純中國式的，因此我們每次去，在輕鬆的笑樂之餘，他們總多少有一些「教訓」，或述說一些「中國」的故事，或傳授幾招「中國」的技藝。

由於乾爹媽並無己出，而我們小夫婦都是學國文的，因此有一回乾爹鄭重的取出一卷石碑的拓本，說是乾爹的先父，昔時在北平中南海的卍字廊親手拓下的，乾爹特別傳給我們，希望我們好好收藏。又有一回，他們特地將一部線裝的詩韻全璧贈送我們，彼此都感受了古雅的溫馨。

他們所說所教的，也許只是片片斷斷，所傳的也不是甚麼奇珍寶物。但我們却從其中感受到一種承先傳後的意義。若不是眞對民族文化有一份深深的情感，那能够如此點點滴滴都珍重愛顧呢？

乾爹媽所有的爲人做事，可說都是回歸於生活的本身。粗看好似沒有一個鮮明偉大的目標，但細細咀嚼，却見得他們生活的暢通、潤澤與充實。因爲他們不曾將生命作爲外求的工具，而是將生命還給生命自己。

因此，他們的心境是恬淡的，很近於佛與老莊——事實上他們倆老，也正有方外的朋友呢——然而恬淡之中却有對國家民族、對倫理文化的濃深感情，這則又是儒家的。雖則在這價值觀念普遍混淆的亂世之中，他們表面上似乎顯得恬淡退隱，但在他們的工作崗位上，數十年來都是在默默地盡責守份。若不是眞浸潤了中華文化的深邃，又那能如此操持有定，安於平凡？

在一份對傳統眷顧珍惜的心情下，恬淡地生活，樂意地付出，這就是我們多年來對乾爹媽的認識。不過近年來，也偶而察覺到他們內心的些許悒悒，在競尚速度與功利的現代社會中，人們多是浮動而粗心的，有多少人能認識、能體嘗、能尊敬這樣的生活態度呢？

他們的恬淡有時被誤解了，他們的樂於付出有時被貪婪的要索了，而他們對傳統的諄諄致意、是否會聽者藐藐呢？然而他們仍是如此行其所素，乾媽仍要抱着一份「獃子」的心情去繫她的花寫她的書，完成她心目中的理想。

也許，從來理想都是帶有一點悲劇性、或說喜劇性的吧？我仍相信會有許多人珍惜乾媽的這個理想，並欣賞她的成績；不止爲了那是一份誠心的呈露，也爲了這一册書的確是一件優美的、耗費了心血的作品，我們相信看過的朋友，都會如此同意。

「珠樹花開」

珠樹花開其書及作者

周麗娜

這是一本融散文、花藝及攝影藝術於一書的創新一試，作者幼柏女士，相信大家不會太陌生，曾於幾年前以僾門春秋及永恒的歌聲（前為三民文庫「七七」號，後為慈航季刊社印行）二書獲得中國語文學會的獎章，她的散文風格平易、眞摯而雋永，而在這本珠樹花開書中妳更能瞭解作者的生活與工作態度純是中國式的，品味到中國人「游於藝」的韻緻，是如此平和、恬澹、溫馨！朱老師（朱耘樵老師卽幼柏女士）敎了廿幾年的國文深懂生活之情趣。她們夫婦雖無己出，然而她們一直那麼相悅如初，互相呵護、努力，在生活的領域中不斷地充實自己，在工作的崗位上盡責守分，作為她們的學生，是很幸福的。妳可以領受到如沐春風般的快樂，每一次造訪，我總有著很大的震撼——在這逐漸淡薄的傳統原則下，在這崇尚科技追求物慾的生活中，若非她們有着深厚的內涵——那是中華文化的精髓，怎能有這份操持和昇華的恬淡？每次去時歡歡欣欣，走時總在心靈上多了一些什麼……。我很羡慕她們那種生活態度和人生態度，她們敎書、種花、助人、愛生命，永遠爲着心懷中的理想而獻出一分力量，永遠快樂而不抱怨……。

珠樹花開其書以十六開精美彩色印刷，書中的「彩色花影」係出自名攝影家董敏之手筆，那些氣韻生動的緞帶花，那些典雅明麗的花朶，似乎都活生生的，叫人看了歡喜！由於老師家植花甚多因此就近師法自然，所做之花也就不落匠氣，將花卉的生命精神完完全全地表現出來了，妳看了一定會以爲是「眞花」呢！

在「花話」中簡介「牡丹」自唐朝說起，唐詩有云：「花開花落二十日，一城之人皆若狂。」可見「牡丹」受人們喜愛之情形。並說在造花一事上，首先要認識花卉的生態與有關常識，如此則可有所依據，變「假花」爲「眞花」……。作者憶及少時遊北平逢春秋兩季，便有往遊中山公園賞花的樂事……那些牡丹花朶猶如大海盌，花瓣美不勝收，使人留連耐看……眞叫我有「雖不能至，然心嚮往之」之憾。

在「西府海棠」裏作者描述她們夫婦爲「花」痴狂的熱情，混合着綿綿的鄉思——（西府海棠原產大陸的名花），——「自從學會做緞帶花以來，沉默寡言的外子，竟然不止十次向我「絮聒」，「嗨！做一大枝西府海棠好不好？我都快想瘋了」於是由他設圖畫花，代我挑選緞帶，還不厭其詳地告以要點……花成之日，他從臺中返來，風塵僕僕地剛一進門，卽刻瞄到亭亭玉立在茶几上的「故鄉之花」，沒有言語、快步走向花前端詳久之，然後聽見一聲感歎：「啊！久違了！」於是我們喉嚨像被噎住，我們同時從「霧」裏去凝視那花。由這段「花話」中我們可以感到

「睹花思故人」藉花寄情懷之心情是何等深切？

介紹楓、蘆葦時有這樣的詩句「楓葉蘆花並客舟，煙波江上使人愁，勸君更盡一杯酒，昨日少年今白頭。」介紹「芍藥」時提到「紅樓夢」裏——「憨湘雲醉眠芍藥裀」的可愛畫面及孟郊的看花詩：「芍藥誰爲婿，人人不敢來；惟應待詩老，日月殷勤開。」談到「菊」，屈原就曾說過：「朝飲木蘭之墮露兮，夕餐秋菊之落英。」而又提到司空圖在詩品中說：「落花無言，人淡如菊，果眞菊如人，人亦如菊，是爲萬世開太平矣。」提到「梅花」時作者憶及在四川白沙鎮求學時所發生的事，她們曾去憑弔一位自稱「白屋吳生」的墓地……作者寫着：「因爲他，而黑石山上來往着欽慕詩人的人士，在那一大片香雪海中；在詩人安息之所的四周，圍繞着凌寒獨放的梅花，所謂「梅能傲霜香能永」……。」在談到「竹」時有詩云：「一節復一節，千枝攢萬葉；我自不開花，免撩蜂與蝶。」

在「玫瑰」的故事裏作者引用這些句子：「一代良緣歡百代，看關雎風詠原非謬，眞戀愛，地天久。」這是指作者與她老伴的感情，回想她結婚時手中捧着的是一堆皺紋紙做的花……沒有任何「條件」，師丈的一個書箱、兩條棉被、一頂舊的蚊帳，便是聘禮，哈！成家啦！我們攜着那束逐漸褪色的玫瑰紙花，由四川、湖北、江蘇，而浙江至臺灣……由這文中我們可以知道抗戰時期節約之情形以及她們兩心堅定便是一切圓滿之保證；叫我不由得想到一句動人的話——「二人同心對抗世界！」

其他的尚有「收獲」——是老師新創的花——田園之趣，有辣椒、豌豆花、菜花，看起來十分素艷可人清新而自然。蘭花、松、紫陽花、新娘花等等……。

老師說：「我印這本書主要的是散播一些美的種子……」是的，自一朵花中看人生自一粒砂中看世界，這本書不僅僅是教妳如何欣賞花、做花，也不僅僅描述親情、友情、師生情的人生感悟，更是以文「給」花，以花情來傳揚人生情趣，藉着攝影名家董敏先生首次向緞帶花挑戰成功，也使讀者能欣賞到如大自然般的活栩緞帶花。

會寫文章的人有，但會寫文章兼而會做花的人總不多吧？老師爲求好心切，不論印刷及紙張全是第一流的，用在打字照相及彩色版的費用就幾乎花了十多萬！她一再說：「人不能向老低頭；上蒼給了我們健康的身體，這就是上天的恩賜，還苛求什麼呢？還不應努力的學習和貢獻？」

我深深覺得良師及益友就如同兩盞明亮的燈，引導着我勇敢地向前，永遠是我心靈的依恃。珠樹花開是老師爲紀念與師丈結婚卅年而自費印成的書，在自序中老師寫道：「三十年來的『珍珠樹』，一直圍繞着朝氣蓬勃的年輕一代，義子、義女、甥侄輩，及有緣相處的學生們。他(她)們正如朵朵綻放的「珠花」，在逐漸地成長茁壯，有的是術德兼修，有的是青出於藍，各自在社會不同的領域裏，努力貢獻所長，報效國家、社會，和親長的培育之恩……。這些不斷閃爍的珠花的光輝，映照著「珍珠老樹也樂霑其光」，內心自是欣慰。

我虔誠的祈望我們會是一株逐漸成長的「珠」花，也不負「老樹」予我們的營養和期許！

銘傳商專校刊　六十七年

滄海叢刊已刊行書目(四)

書名	作者	類別
清眞詞研究	王支洪	中國文學
宋儒風範	董金裕	中國文學
紅樓夢的文學價值	羅盤	中國文學
中國文學鑑賞舉隅	黃慶萱 許家鸞	中國文學
浮士德研究	李辰冬譯	西洋文學
蘇忍尼辛選集	劉安雲譯	西洋文學
文學欣賞的靈魂	劉述先	西洋文學
音樂人生	黃友棣	音樂
音樂與我	趙琴	音樂
爐邊閒話	李抱忱	音樂
琴臺碎語	黃友棣	音樂
音樂隨筆	趙琴	音樂
樂林蓽露	黃友棣	音樂
樂谷鳴泉	黃友棣	音樂
水彩技巧與創作	劉其偉	美術
繪畫隨筆	陳景容	美術
都市計劃概論	王紀鯤	建築
建築設計方法	陳政雄	建築
建築基本畫	陳榮美 楊麗黛	建築
中國的建築藝術	張紹載	建築
現代工藝概論	張長傑	雕刻
藤竹工	張長傑	雕刻
戲劇藝術之發展及其原理	趙如琳	戲劇
戲劇編寫法	方寸	戲劇

滄海叢刊已刊行書目（三）

書名	作者	類別
寫作是藝術	張秀亞	文學
孟武自選文集	薩孟武	文學
歷史圈外	朱桂	文學
小說創作論	羅盤	文學
往日旋律	幼柏	文學
現實的探索	陳銘磻編	文學
金排附	鍾延豪	文學
放鷹	吳錦發	文學
黃巢殺人八百萬	宋澤萊	文學
燈下燈	蕭蕭	文學
陽關千唱	陳煌	文學
種籽	向陽	文學
泥土的香味	彭瑞金	文學
無緣廟	陳艷秋	文學
鄉事	林清玄	文學
韓非子析論	謝雲飛	中國文學
陶淵明評論	李辰冬	中國文學
文學新論	李辰冬	中國文學
離騷九歌九章淺釋	繆天華	中國文學
累廬聲氣集	姜超嶽	中國文學
苕華詞與人間詞話述評	王宗樂	中國文學
杜甫作品繫年	李辰冬	中國文學
元曲六大家	應裕康 王忠林	中國文學
林下生涯	姜超嶽	中國文學
詩經研讀指導	裴普賢	中國文學
莊子及其文學	黃錦鋐	中國文學

滄海叢刊已刊行書目(二)

書名	作者	類別
世界局勢與中國文化	錢穆	社會
國家論	薩孟武譯	社會
紅樓夢與中國舊家庭	薩孟武	社會
財經文存	王作榮	經濟
財經時論	楊道淮	經濟
中國歷代政治得失	錢穆	政治
憲法論集	林紀東	法律
黃帝	錢穆	歷史
歷史與人物	吳相湘	歷史
歷史與文化論叢	錢穆	歷史
中國歷史精神	錢穆	史學
中國文字學	潘重規	語言
中國聲韻學	潘重規 陳紹棠	語言
文學與音律	謝雲飛	語言
還鄉夢的幻滅	賴景瑚	文學
葫蘆・再見	鄭明娳	文學
大地之歌	大地詩社	文學
青春	葉蟬貞	文學
比較文學的墾拓在臺灣	古添洪 陳慧樺	文學
從比較神話到文學	古添洪 陳慧樺	文學
牧場的情思	張媛媛	文學
萍踪憶語	賴景瑚	文學
讀書與生活	琦君	文學
中西文學關係研究	王潤華	文學
文開隨筆	糜文開	文學
知識之劍	陳鼎環	文學
野草詞	韋瀚章	文學
現代散文欣賞	鄭明娳	文學
藍天白雲集	梁容若	文學

滄海叢刊已刊行書目（一）

書名	作者	類別
中國學術思想史論叢(一)(二)(三)(四)(五)(六)(七)(八)	錢穆	國學
兩漢經學今古文平議	錢穆	國學
中西兩百位哲學家	鄔昆如、黎建球	哲學
比較哲學與文化	吳森	哲學
比較哲學與文化(二)	吳森	哲學
文化哲學講錄(一)	鄔昆如	哲學
哲學淺論	張康譯	哲學
哲學十大問題	鄔昆如	哲學
孔學漫談	余家菊	中國哲學
中庸誠的哲學	吳怡	中國哲學
哲學演講錄	吳怡	中國哲學
墨家的哲學方法	鐘友聯	中國哲學
韓非子哲學	王邦雄	中國哲學
墨家哲學	蔡仁厚	中國哲學
希臘哲學趣談	鄔昆如	西洋哲學
中世哲學趣談	鄔昆如	西洋哲學
近代哲學趣談	鄔昆如	西洋哲學
現代哲學趣談	鄔昆如	西洋哲學
佛學研究	周中一	佛學
佛學論著	周中一	佛學
禪話	周中一	佛學
公案禪語	吳怡	佛學
不疑不懼	王洪鈞	教育
文化與教育	錢穆	教育
教育叢談	上官業佑	教育
印度文化十八篇	糜文開	社會
清代科學	劉兆璸	社會